AF202592

Tucholsky  Wagner  Zola  Scott Sydow  Freud  Schlegel
Turgenev  Wallace  Fonatne

Twain  Walther von der Vogelweide  Fouqué  Friedrich II. von Preußen
Weber  Freiligrath  Frey

Fechner  Weiße Rose  von Fallersleben  Kant  Ernst  Richthofen  Frommel
Fichte

Engels  Fielding  Hölderlin  Eichendorff  Tacitus  Dumas
Fehrs  Faber  Flaubert

Feuerbach  Maximilian I. von Habsburg  Fock  Eliasberg  Zweig  Ebner Eschenbach
Ewald  Eliot

Goethe  Elisabeth von Österreich  London  Vergil

Mendelssohn  Balzac  Shakespeare  Dostojewski  Ganghofer
Trackl  Lichtenberg  Rathenau  Doyle  Gjellerup
Stevenson  Hambruch
Mommsen  Tolstoi  Lenz  Hanrieder  Droste-Hülshoff
Thoma
Dach  Verne  von Arnim  Hägele  Hauff  Humboldt
Reuter  Hagen  Hauptmann  Gautier
Karrillon  Garschin  Rousseau  Baudelaire
Damaschke  Defoe  Hebbel
Descartes  Hegel  Kussmaul  Herder
Wolfram von Eschenbach  Dickens  Schopenhauer  Rilke  George
Bronner  Darwin  Melville  Grimm  Jerome  Bebel  Proust
Campe  Horváth  Aristoteles
Bismarck  Vigny  Barlach  Voltaire  Federer  Herodot
Gengenbach  Heine
Storm  Casanova  Tersteegen  Gilm  Grillparzer  Georgy
Chamberlain  Lessing  Langbein  Gryphius
Brentano  Lafontaine
Strachwitz  Claudius  Schiller  Kralik  Iffland  Sokrates
Katharina II. von Rußland  Bellamy  Schilling
Gerstäcker  Raabe  Gibbon  Tschechow
Löns  Hesse  Hoffmann  Gogol  Wilde  Vulpius
Luther  Heym  Hofmannsthal  Klee  Hölty  Morgenstern  Gleim
Roth  Heyse  Klopstock  Kleist  Goedicke
Luxemburg  Puschkin  Homer  Mörike
La Roche  Horaz  Musil
Machiavelli  Kierkegaard  Kraft  Kraus
Navarra  Aurel  Musset
Lamprecht  Kind  Kirchhoff  Hugo  Moltke
Nestroy  Marie de France
Laotse  Ipsen  Liebknecht
Nietzsche  Nansen
Marx  Lassalle  Gorki  Ringelnatz
von Ossietzky  Klett  Leibniz
May  vom Stein  Lawrence  Irving
Petalozzi  Knigge
Platon  Pückler  Michelangelo  Kafka
Sachs  Poe  Liebermann  Kock  Korolenko
de Sade  Praetorius  Mistral  Zetkin

Der Verlag tredition aus Hamburg veröffentlicht in der Reihe **TREDITION CLASSICS** Werke aus mehr als zwei Jahrtausenden. Diese waren zu einem Großteil vergriffen oder nur noch antiquarisch erhältlich.

Symbolfigur für **TREDITION CLASSICS** ist Johannes Gutenberg (1400 — 1468), der Erfinder des Buchdrucks mit Metalllettern und der Druckerpresse.

Mit der Buchreihe **TREDITION CLASSICS** verfolgt tredition das Ziel, tausende Klassiker der Weltliteratur verschiedener Sprachen wieder als gedruckte Bücher aufzulegen – und das weltweit!

Die Buchreihe dient zur Bewahrung der Literatur und Förderung der Kultur. Sie trägt so dazu bei, dass viele tausend Werke nicht in Vergessenheit geraten.

# Der Dorfgeher

Leopold Kompert

# Impressum

Autor: Leopold Kompert
Umschlagkonzept: toepferschumann, Berlin

Verlag: tredition GmbH, Hamburg
ISBN: 978-3-8424-0858-6
Printed in Germany

## Leopold Kompert

# Der Dorfgeher

(1851)

Aus dem Hause des Rabbi, das hart an der Synagoge steht, kam eines Freitags Nachmittag ein hastiger Knabe gesprungen, der unter seinem linken Arm einen schweren dicken Folianten trug. Das Gesicht dieses etwa eilfjährigen Kindes glühte von dem Feuer einer innern Aufregung, oder gar von der Last des Buches – es war in diesem Augenblicke wunderbar schön! Keinem von Allen, wie sie da in der Gasse herumstanden oder gingen, fiel es ein, diesen Knaben um die Rosen auf seinen Wangen, oder um den perlenden Thau auf seiner Stirne zu fragen! Da hätte man Wind und Athem zugleich sein müssen, aber auch unbarmherzig dabei: denn, störet die Kinder nicht, wenn sie freudig dahin rennen, ihr werfet einem Blinden Steine vor den Fuß, und das verbietet die Bibel!

Aber wie der Knabe an der ›Schlafstub‹ vorüberkam, da, wo gewöhnlich die fahrenden Bettler auf Sabbath einkehren, stand dort Einer von diesen Gästen, der ihn nicht ungefragt vorüber lassen wollte.

»Jüngel Leben«, rief der Bettler, »kannst Du mir sagen?«

Das Kind mußte sich wie Einer, der einen steilen Berg hinabläuft, fast wie ein hastiges Rad absperren, ehe es zum Stehen kam.

»Was?« fragte es sich umdrehend, leisen Verdruß um die feinen Mundwinkel.

»Kannst Du mir sagen, wo da Rebb Schimme Prager wohnt? ich hab' da eine Plett[1] für ihn, ich soll bei ihm auf den Sabbath essen.«

---

[1] Anweisung des Gemeinde-Cassiers auf Sabbathkost bei einem der Familienväter.

»Und warum soll ich das nicht wissen?« rief der Knabe verwundert, »das ist ja mein eigener Vater.«

Da that der Bettler einige Schritte auf den Knaben hastig vorwärts. »Ist das auch wahr, was Du sagst?« rief er, indem er ihn stürmisch bei der Hand ergriff, mit unaussprechlich bebender Stimme.

»Und wer denn soll mein Vater sein?« fragte das Kind mit jenem leicht erklärlichen Ärger, wie ihn vielleicht nur ganz lebhaft Kinder empfinden, wenn man sich in etwas verfänglicher Weise nach ihren Eltern erkundigt.

»Verzeih', verzeih' mir«, fuhr der Bettler in derselben heftigen Aufregung fort, »heißest Du nicht Benjamin, mein Kind, und hast Du nicht eine Schwester, die Rösele heißt? Hat sie nicht schönes schwarzes Haar? und ist sie noch so lustig und herzfreudig, daß man's selbst wird, wenn man sie nur ansieht? Singt sie noch so prächtige Lieder, besonders Freitag Abends, wenn der Vater aus der Synagoge heimkömmt? Weißt Du das: Salem Alechem, Alechem Salem? Und die Mutter, nicht wahr! Sie heißt Channa und ist Gott Lob und Dank frisch auf und gesund? Sie trägt noch das schwarze Sammetband auf der Stirn – und den Goldducaten um den Hals hat sie den noch?« –

Plötzlich hielt der Bettler inne; er fuhr sich über den Mund, als ob der zu viel verrathen hätte, dann sagte er leise lächelnd: »Wenn Du's also weißt, mein Kind, wo Rebb Schimme Prager wohnt, so führ' mich hin – aber Du mußt wollen.«

Benjamin, und es war dieß in der That sein Name, wußte vor Staunen und Erregung nicht, was er von der so seltsamen Erscheinung des Bettlers denken sollte; mit einer solchen Stimme, die ihm bis an das Herz drang, hatte er noch Niemanden nach den Familienverhältnissen sich erkundigen gehört; zu antworten vermochte der Knabe nicht.

Sonderbar! der Bettler schien auch nicht darauf zu warten; mit niedergesenkten Blicken, aber ein herrliches Lächeln auf den Lippen, das sich im Weitergehen immer schöner und siegreicher entfaltete, schritt er an der Seite des Knaben durch alle Windungen und Krümmungen der Gasse, ja sogar durch das finstere Durchhaus, das man sonst ohne Wegweiser nicht finden konnte. Mit Einemmale standen sie vor Rebb Schimme Pragers Wohnung; da mußte dem Knaben die frühere Freudigkeit seines Laufes eingefallen sein; mit einem mächtigen Sprunge sich von seinem Begleiter losreißend, war er in's Haus hinein. Der Bettler blieb draußen auf der Schwelle der Thüre, er wagte nicht einzutreten.

»Hab' ich Dir's gesagt«, hörte er drin den Knaben ausrufen, »daß ich auf Freitag werd' mein erstes Blatt Talmud können? *Mein* Wort hab ich gehalten, Mutterleben, jetzt halt's an Dir.«

»Ja ja, mein Kind«, bestätigte darauf eine weibliche Stimme, die den Bettler erbleichen machte, »ja ja, aber nicht eher, bis Dich der Vater hat verhören lassen aus dem Blatt Talmud. Heut' zu Tag, Benjamin Leben, muß man sicher gehen; aber Freud' wird er genug haben, wenn er daheim kömmt. Willst Du aber ein Draufgeld?«

Ehe aber Benjamin noch antworten konnte, war es dem lauschenden Ohre des Bettlers, als legten sich drin zwei weiche mütterliche Lippen auf die Wangen des Kindes; Minuten lange schallte dieser süße Austausch zwischen Geben und Nehmen, und eine so gewaltige Erschütterung tobte in den Adern des Bettlers, daß er sich an der Thüre festhalten mußte. Nun hörte er, wie Benjamin drin von seinem Begegniß mit einem ›merkwürdigen‹ Bettler erzählte, den er draußen habe stehen lassen.

Gleich darauf traten Mutter und Kind heraus, und der Bettler hatte nur noch Zeit, zur Seite zu springen.

»S'Gott's willkumm, Gast«, sprach ihn die Mutter an, »Ihr bringt mir eine Plett?«

Keines Wortes mächtig, reichte ihr der Bettler die schriftliche Anweisung auf die Sabbathkost hin, aber wie ein Donnerschlag traf 's ihn, als die Mutter den Zettel mit der Hand abwies und meinte: »Soll ich leben, es thut mir leid, daß ich Euch wieder zurückschicken muß; ich kann Euch nicht behalten, der Schabbes ist schon gemacht, und ich hab' mich nicht gericht't auf Euch.«

»Also muß ich fortgehen?« rief der Bettler bebend, aber mit an den Boden gehefteten Augen, »Ihr wollt mich auf den Sabbath nicht behalten?«

Befremdet und ergriffen durch den eigenthümlich schmerzlichen Ton, der in diesem Ausrufe lag, sah die Mutter aufmerksam auf den Bettler, dessen Angst sie nicht zu deuten wußte. Aber sogleich meinte ihr vortreffliches Herz:»Nu, nu, wenn Euch so viel an armer Leute Kost aufliegt, so bleibt nur, Gast, bleibt nur! Verhungern sollt Ihr nicht auf Schabbes, Channe Prager führt, Gott Lob und Dank, nicht so ein Haus, daß, wo fünf Mäuler voll werden, ein sechstes soll leer von ihr ausgehen.«

»Weißt Du was?«sagte Benjamin einfallend,»ich geb' dem Gast meine Fisch!«

»Nu, seht Ihr, Gast«, fuhr die Mutter mit einem triumphirenden Lächeln auf den Knaben fort,»nu, seht ihr, daß Ihr werdet satt werden? Benjamin will Euch seine Fisch' geben, und an einem Stück Barches wird er's auch nicht fehlen lassen. Also bleibt nur und kommt. Weiß ich denn, ob mein Sohn Elije, der auch in der Fremd' ist, wird heut' auf Schabbes etwas zu essen haben? Ich begreif mich gar nicht, wie ich das hab' vergessen können. Also kommt nur, verhungern werdet Ihr nicht, ich will schon dafür sorgen.«

Es traf sich glücklich, daß um diesen Augenblick der heimkehrende Rebb Schimme Prager, der Vater des Hauses, dem Bettler, der antworten und danken wollte, jedes Wortes überhob. Es war ein Mann in's Haus getreten, dem man an dem schweren Packe, den er auf dem Rücken trug, den ›Dorfgeher‹ ansah; ihm entgegen flog Benjamin und rief.»S'Gotts willkumm, s'Gotts willkumm, Vater! weißt Du schon, daß ich mein erst' Blatt Talmud thu' können?«

Rebb Schimme, ehe er antworten wollte, berührte früher die geheiligte Stelle an der Thürpfoste, wo der geheimnisvolle Name Gottes ›Schadai‹ durch ein glänzendes gläsernes Fensterchen hindurchblickte, mit der Hand, die er dann andächtig an die Lippen führte. Dabei wurde die ganze Gestalt des Dorfgehers höher und mächtiger, als man bei seinem ersten Anblick vermuthet hätte; es war, als hebe ihn die Nähe seines Gottes über die Wucht seines Packes und über sich selbst hinaus. Auch sein Antlitz war nun besser zu sehen; es war eines jener von Kummer, Lebensmüh' und Plackerei tief eingefurchten, wie sie nur das Ghetto zu zeichnen vermag! Der Bettler erschrak innerlich vor diesem Anblick!

In der Stube vorschreitend, wo er den Pack wie eine Riesenraupe von sich abschüttelte, sprach erst der Dorfgeher: »Das sagst Du, Benjamin Leben, was sagt aber die Welt dazu? Heut zu Tag' lassen sich die Leut' nicht foppen und ein Blatt Talmud ist kein Spaß.«

»So lass' mich verhören«, meinte Benjamin mit leicht erklärlichem Stolz.

»Das heißt geredt, wie man soll reden«, rief kopfnickend der Dorfgeher. »Wenn Du also willst und Lust hast, gehen wir morgen zum Vetter Rebb Jaikew, hörst Du gut? Zum Vetter Rebb Jaikew, zu dem großen Frommen, dem wirst Du sagen: Vetter, verhör mich, mein Vater will nicht glauben, daß ich schon kann mein erstes Blatt Talmud. Das aber sag' ich Dir, Benjamin Leben, bestehst Du so, wie ein rechtschaffen Jüngel soll bestehen – kein Grafenkind auf der ganzen Erd' soll hernach ein schöner Röckel bekommen, als ich Dir machen will. Das Tuch kannst Du Dir selber bei Rebb Maier Tuchhändler aussuchen.«

Jetzt erst trat Channa vor, die als eine gute Mutter ihrem Kinde die ersten Blüthen des Empfanges überlassen hatte. »S'Gotts willkumm, Schimme«, rief sie mit einem leisen Anflug von Groll, »mich kriegst Du ja gar nicht zu sehen! Was heißt das?«

Lächelnd reichte ihr der Dorfgeher die Hand; sie war versöhnt. »Was hast Du für eine Woche gehabt, Schimme«, fragte sie dann.

»Wie ich noch keine hab' gehabt, Channa Leben, Geld hab' ich auch gelöst, aber das Beste war doch die schöne Bäuerin, ja die schöne Bäuerin.« – Hierbei lächelte der Dorfgeher auf ganz geheimnisvolle Weise.

»Was ist das mit der Bäuerin?« fuhr Channa auf, und eine schöne Röthe lag auf dem sonst blassen, lieben Antlitze der Mutter, dann setzte sie aber lachend dazu; »Vielleicht bist Du gar verliebt, Rebb Schimme? Das fehlt mir noch.«

»Vielleicht, vielleicht«, lächelte der Dorfgeher noch geheimnißvoller.

»Die Zeiten sind vorüber, mein lieber Rebb Schimme«, meinte Channa achselzuckend, »Du bist ja schon ein alt Äpfele und schmeckst sauer.«

»Soll ich leben und glücklich sein«, rief dagegen lachend der Vater, »die eifert mit mir, aber die Bäuerin – meine schöne Bäuerin, die will mir doch nicht aus dem Kopf.«

Zwei Augen hatten auf dieser so eigenthümlichen Scene zwischen den Eheleuten geruht, die schon längst nicht wußten, wohin sie sich wenden sollten. Erst jetzt, wo sich Rebb Schimme mit seiner geheimnisvollen ›Bäuerin‹ von der Mutter wegwandte, wurde der noch immer an der Thüre stehende Bettler von ihm bemerkt... »Salem Alechem«, hieß es sogleich, indem er ihm die Hand hinbot. »Alechem Salem«, gab der Bettler zurück.

»Wo kommt Ihr her?« ging es sodann ans Verhör.

»Ich – ich komm' aus Ungarn.«

»Was seid Ihr eigentlich? ganz wie ein Bettler seht Ihr mir nicht aus, Ihr müßt noch was Anderes vorstellen.«

»Ich? – ich bin ein Lehrer.«

»Und da geht Ihr schnorren? Habt Ihr noch Vater und Mutter?«

»Ja, bis zu hundert Jahr!«

»Ich werd' Euch um eine Narrheit fragen: Wie heißt Euer Vater?«

»Mein Vater heißt – Rebb Schimme, meine Mutter – Channe!«

Die beiden Eheleute sahen sich verwundert an, und es stand vielleicht von Seite der Mutter eine neue Reihe von Fragen bevor, als von draußen zu gelegener Zeit der heisere Ruf des Schuldieners, daß der Sabbath im Anzuge sei, schreckensvoll ertönte. Denn Channa besann sich, daß es in Küche und Haus noch Manches zu thun gab; die Lampe war noch nicht gefüllt, nicht einmal die Dochte waren noch von Benjamin gedreht; auch lag noch nirgends ein weißes Tuch ausgebreitet. Und Rebb Schimme gar! der stak noch ganz in der ›Woch'‹, und hatte sich nicht einmal noch barbiert. Der Bettler empfahl sich. Gewaltsam mußte er sich von dem Boden losreißen, auf dem er, wie Moses, mit bloßen Füßen hätte stehen sollen. Als er draußen in der Küche an der schaffenden Mutter vorüberkam, rief sie ihm nach: er möge ja nicht vergessen, heute zu kommen, und ihr nichts für ungut zu nehmen. Er war ihr lieb geworden, dieser fremde seltsame Gast! Mit schnellen Schritten verließ er das Haus und ging auf die ›Schlafstube‹ zu.

Aus einem Briefe Emanuels an Clara.

»Die Lectionen Deines Lehrers haben gar zu wenig gefruchtet, theure Clara! Zwei Stunden im Ghetto haben mich davon überzeugt: Du kennst das Judenthum noch gar nicht! Wie auch das? Worauf es besonders ankam, den unergreifbaren, untastbaren Duft des Weines – ich meine das Gemüth – das habe ich Dir doch nicht gegeben. Aber bedenke nur Eines, Clara! Das *Weltgemüth*, das mit dem blonden Rabbi von Nazareth am Holze starb, ging aus einem solchen Ghetto hervor; ich sage Dir, Funken und Blüthen leben noch heute unter seinen Bewohnern! Zwei Stunden haben mich davon überzeugt...

Meine Eltern habe ich bereits gesehen; Keines hat mich erkannt. Mein Brüderchen Benjamin, eines jener Spätröslein ehelicher Liebe, wie es Gott den Leuten schickt, wenn er sie noch lange will einander zulächeln machen, mein Brüderchen Benjamin habe ich auf offener Straße getroffen! Eine wunderbare Schönheit liegt über dem geistig regen Antlitz dieses Knaben. Dann kam ich zur Mutter und stand ihr gegenüber! Ich spielte mit der Gefahr des Erkanntwerdens wie mit einem spitzigen Instrumente, das wider Versehen Einem in das Blut fährt. Aber erkannt hat mich Keines. Es ging an mir ein Schauspieler verloren.

Fürchte nichts für mich, geliebtes Mädchen! Ich weiß, wie nöthig es für meine Ruhe ist, in dieser Lage zu verharren! – Befriedigt ist nun meine Sehnsucht; ich habe sie Alle gesehen, ehe die Wogen eines alten Glaubens über meinem Haupte zusammenschlagen, und ich wieder am Gestade eines neuen auftauche, wo die menschgewordene Liebe meiner harrt. Fürchte nichts!

Diesen Brief erhälst Du übrigens aus einer Gesellschaft, wie Du dir sie nicht sonderbarer vorstellen kannst. Ich bin in einer ›Schlafstube‹, der Wohnstätte jüdischer Bettler, wie sie jeder Sabbath haufenweise in's Ghetto führt. Ich selbst bin ein solcher! Zerlumpte Gestalten aus allen Erdtheilen, polnische, deutsche, ungarische Bettler lungern um mich herum. In ihrer Gesellschaft schreibe ich diesen Brief – Zwei Schritte von mir säugt ein polnisches Weib ihr krankes Kind; verwittert und gramzerstört sind die einst schönen

Züge ihres Antlitzes, aber ihre Augen – sie haben mich schon oft an Deine gemahnt.

In's Ghetto zieht der Sabbath ein, die Feder länger zu halten fängt an Sünde zu werden. Ich schließe. Auf baldiges Wiedersehen, theure Clara!«

Aus der Synagoge trat Emanuel in die hellerleuchtete Sabbathstube seiner Eltern. Er fand seinen Vater soeben den Friedensgesang: »Salem Alechem, Alechem Salem« mit seiner uralten Melodie anstimmend. Rebb Schimme wandelte dabei in der Stube auf und ab, während Benjamin das Gebetbüchlein offen vor sich auf dem Tische liegen hatte. Hell und freundlich klang die feine Stimme des Knaben wie ein silbernes Glöcklein durch den Baß des Vaters, der aber auch nicht dem Ohre unangenehm scholl. Oft hat Benjamin Solo zu singen, der Vater schwieg, und wie Lerchenwirbel stiegen dann die hellen Klänge des Knaben auf. Zuweilen verbesserte der Vater auch den Gesang, wenn Benjamin zufällig ein Wort ›überschluppert‹ hatte, und um so triumphirender und herrlicher erhob er sich dann von den Lippen des Kindes. Das dauerte wohl eine Viertelstunde, während welcher Emanuel schüchtern, wie es einem ›Gaste‹ ziemt, in einem Winkel der Stube, aber wundersam bewegt, dem Zweigesang von Vater und Bruder lauschte!

Zwischen durch war es ihm aber, als hörte er in der Stube jemanden aus innerstem Herzensgrunde schluchzen, und als er sich umsah, erblickte er im Schatten des Ofens, da wo einst sein Bett gestanden, in dem er die ersten Träume gehabt – in die Kissen desselben Bettes den Kopf gepreßt – erblickte er eine weibliche Gestalt. Das mußte seine Schwester Rösele sein! So sang sie also nicht mehr das schöne Sabbathlied, dem jetzt Benjamin den ganzen Zauber seiner Stimme lieh? So war der Friede aus ihrer Brust gewichen, und sie nicht mehr so herzfreudig und lustig, wie in früheren fernen Zeiten?

Es war gerade jener Augenblick eingetreten, wo Rebb Schimme seinen Gesang unterbrach, um das Silberglöckchen Benjamins allein fortläuten zu lassen; da mochte ihm auch das unterdrückte Weinen des Mädchens auffallen; er blieb mit auf dem Rücken verschränkten Händen vor der Mutter stehen, die, gedankenvoll sinnend, in das Licht der Lampe starrte.

»Was ist denn *der* schon wieder?« fragte er sie, mit einem fast zornigen Achselzucken nach Rösele hindeutend, »was verstört sie mir meinen Schabbes?«

»Weiß ich?« entgegnete Channe mit stummen, lebhaftem Geberdenspiel, wie es nur dem Ghetto eigen ist, »weiß ich, was ihr fehlt? bange wird ihr sein!«

»So setz' Dich auf den Tisch, wenn Dir bang' ist«, rief Rebb Schimme nach Rösele hin, »Mir aber verstör' nicht meinen heiligen Schabbes.«

Aber das Mädchen gab diesen Worten kein Gehör. Das Schluchzen verstärkte sich, und selbst der jubilirende Gesang Benjamins, an den sich jetzt wieder der grollende Baß des Vaters angeschlossen, vermochte über das immer heftiger hervorquellende Herzleid Rösele's keine Decke zu werfen. Jetzt erst, wo es sich wie ein verborgen rauschender Quell des Steines, der ihn drückte, befreit fühlte und sich besprochen hörte, gab es sich erst recht als das, was es eigentlich war, zu erkennen. Es wurde lautes Weinen.

Wieder blieb Rebb Schimme vor Channe stehen, aber viel sanfter und leiser in Stimme und Geberde fragte er sie:

»Warum? was fehlt ihr wieder? Schreit das nicht zu Gott auf, wenn man mir armen geplagten Mann den Tag in der Woch', wo ich mich mit Weib und Kind will erfreuen, so verstört? Hab' ich so viel Freuden von meinem Dorfgehen, daß sie mich nicht einmal heut' in Ruh' läßt?«

»Red' mit ihr Weisheit aus«, meinte Channe kummervoll, »wenn Du kannst. Hast Du achthundert Gulden im Sack? Kannst Du ihr Hochzeit machen? Hernach wirst Du sie schon ganz anders sehen, jetzt lass' sie weinen, und'n Madel muß schon darum weinen, daß sie ist geboren worden.«

»Schmah Jisroel!« rief, die Hände in einander schlagend, Rebb Schimme, »will mir also das eigene Weib und das eigene Kind nicht glauben, daß ich ein armer geplagter Mann bin? Hätt' ich denn Rösele nicht schon sechs Mal unter die Haub' gebracht, wenn das wär' in meinem Vermögen gestanden?«

»Hast Du *mich* schon so reden gehört?« sprach dagegen Channe, »meinst Du, ich weiß nicht, wo Gott wohnt?... Aber ich will nur das sagen, daß man eigentlich von seinen Kindern nichts hat: Hat man Töchter, so machen sie Einem die Haar' grau vor der Zeit, bis man sie ausgibt, und ein Jüngel? das zieht Dir fort von daheim, es hat kein' Vater, es hat kein' Mutter mehr. Was haben wir z.B. von unserem Elije? Weißt Du gar, wo er jetzt ist?«

»Jetzt kommt sie mir gar mit *dem*«, rief Rebb Schimme mit der Hand abwehrend, als wollte er nicht nur die Worte seines Weibes, sondern die ganze Wucht aufsteigender Gedanken, die ihm wehe thaten, zurückdrängen. »Ich bitte Dich, Channe, verstör' mir den Schabbes nicht!«

In demselben Momente hatte Benjamins Gesang mit König Salomons verherrlichendem Lob des Weibes[2] sein Ende erreicht. Als ein wahrhaft guter Sänger hatte er die schönsten Triller bis zuletzt aufgespart, und wie die auf und ab hüpfenden Funken eines verglimmenden Papiers sprangen, zischten und wirbelten die letzten Töne des Liedes auf. Dieser Gegensatz zwischen thränenvollem Herzleid und alles verzehrender Freudigkeit eines kindlichen Gemüthes ging Emanuel schneidend durch die Seele. Benjamin hatte das Gebetbuch geschlossen und auf die abgesungene Blattseite seine Lippen gedrückt; drauf sah er mit seinen klaren Augen in der Stube um, gleichsam fragend, ob nach einem solchen Gesange Jemand noch betrübt sein könne?

Wirklich war auch Rösele's Weinen verstummt, sie hatte sich erhoben, und Emanuel konnte in das bleiche Antlitz einer verschollenen Schönheit, auf die verstörten Züge einer alten Jungfrau sehen. Das Rösele seiner Kindheit erkannte er nicht.

»Soll ich zu Tisch decken?« fragt sie so ruhig, als hätte sie nie ein Leid gekannt.

»Warum fragst Du?« meinte sich böse stellend Rebb Schimme, aber er fügte sogleich hinzu: »Hab' ich dich heut' schon gebenscht (gesegnet), Rösele? Mir scheint, ich hab' noch nicht.«

Ohne Antwort beugte Rösele ihr Haupt und segnend kamen des Vaters Hände darauf zu liegen. Emanuel sah nur, wie seine Lippen sich bewegten, den Segen hörte er nicht.

»Deine Mutter ist mit mir auch sechs Jahre gegangen, bis wir haben können Hochzeit machen«, sagte er dann wie zum Trost, »wenn

---

[2] Sprüche Salom. Cap. 31.

15

mir Gott wird helfen, so kriegst Du noch heuer Deinen Schmul. –
Willst Du noch mehr?«

Was Emanuel tief betrübte, war, daß er erkannte, wie die so eben
erlebte Scene seiner Familie nichts Neues sein mochte; die beinahe
maschinenmäßige Fassung seiner Schwester erschien ihm als die
Folge schon vielen vorhergegangenen Leides, – und sein Vater hatte
sie wahrscheinlich schon öfters wegen gewaltsamer Störung seines
Sabbaths anklagen müssen.

Bei Tische kam Emanuel neben sein Brüderchen Benjamin zu sitzen. Kaum war die Waschung und der Segensspruch über die weißen Brote vorüber, als sich des Vaters schon wieder die ursprüngli-
che Heiterkeit seines Wesens bemächtigt hatte.

»Channe Leben«, rief er lustig zwischen dem Essen,»willst Du,
daß ich Dir thu' von meiner schönen Bäuerin erzählen?«

»Ich hab' andere Gedanken im Kopf«, entgegnete sie darauf verdrießlich.»Wo ist jetzt unser Elije? Von *dem* red' mir lieber.«

»Trag' ich ihn bei mir im Sack?« rief lachend der Dorfgeher,»daß
ich soll wissen von ihm?«

»Gott! Gott!« schrie da in plötzlicher Aufwallung nicht zurück-
drängbarer Gefühle die Mutter,»mein halb Leben gäb' ich drum,
könnt' ich jetzt meinen Elije wieder sehen, nur auf eine Minute, nur
was man sich sagen kann: ›Warum kommst du nicht, mein Sohn?‹«

Es war eines jener eigenthümlichen Seelenräthsel, daß diese Mutter den ganzen Abend an ihren Sohn denken mußte. Eine gewisse
Ähnlichkeit mit Emanuel, eine nur dem Mutterauge erkennbare
Geberde konnte das nicht bewirkt haben; denn Emanuel war als ein
dreizehnjähriger Knabe aus dem Vaterhause fortgezogen, als Mann
war er wieder zurückgekehrt. War es überhaupt die Erscheinung
des fremden ›Gastes‹? Wie wir aber für dieses Räthsel keinen
Schlüssel finden, so fehlen uns auch die Worte, um die Qualen des
dasitzenden Sohnes zu zeichnen. In dieser Lage, wie wir sie jedem
Herzen unerlebt wünschen, that Emanuel wohl das Beste, daß er
sich mit seinem Brüderchen Benjamin beschäftigte. Glühend heiß
jagte das Blut durch seine Adern!

Das war aber auch ein lieber, freundlicher Bruder, dieser Benjamin, wie man ihn weit und breit nicht finden konnte! Als die Fische auf den Tisch kamen, bestand er fest darauf, dem Gaste seinen Theil abzutreten. Umsonst that Emanuel lauten Einspruch dagegen.

»Was wirst denn aber Du essen!« rief die Mutter, die in seinen Entschluß einzugehen schien.

»Ich«, meinte Benjamin mit leuchtendem Auge, »ich werde nichts essen.«

»Aber sind nicht Fisch' Dein Lieblingsessen?« versuchte dagegen Rösele.

»So geh' ich vom Tisch weg«, sprach der Knabe, und stand schon auf.

»Was sagst Du zu dem Jüngel«, wandte sich die Mutter selig lächelnd, halbleise zu Rebb Schimme, »soll ihn nicht Gott gesund und stark erhalten? – Der ganze Elije, wie er geht und steht, der ist als Kind auch so gut gewesen.«

Mit derselben Gemüthsstärke, die ihn bewogen hatte, dem Gaste seinen Theil abzutreten, sah nun Benjamin, wie er denselben verzehrte! Es gewährte einen eigenthümlichen Anblick, wie der schöne Knabe mit auf den Tisch gedrückten Händen, das Antlitz leuchtend von der Freudigkeit seines Entschlusses, oder von keimender Reue, bald auf die Schüssel, von der Stück für Stück seines Eigenthums verschwand, bald auf den Verzehrer selbst blickte. Hätte Emanuel den Regungen seiner Gefühle folgen dürfen, er hätte das Kind zwischen seine Arme genommen und es so lange geküßt und geherzt, bis er müde geworden. So begnügte er sich, flammende Röthe auf den Wangen, die Fische Benjamins stillschweigend aufzunehmen.

Die Mahlzeit war vorüber, man betete, und Emanuel gestand es sich schamvoll, daß er des Tischsegens nicht mehr ganz mächtig war. Nach dem Gebete brachte Benjamin sein Gesangbuch wieder herbei, und er und der Vater begannen wieder die üblichen Sabbathgesänge; aber es dauerte nicht lange, so wurde die Stimme des Letztern immer schwächer und schläfriger, und Benjamin hatte noch einen tüchtigen Weg vor sich, ehe er zum Ende gelangte, als ein lautes Schnarchen des in den Stuhl zurückgesunkenen Dorfgehers verrieth, daß er den Gott seiner Väter nicht mehr zu lobpreisen brauchte. Auch Rösele war schlaftrunken in die andere Stube gewankt.

Der singende Benjamin, die Mutter und Emanuel waren allein. Emanuel fühlte das Gefährliche seiner Lage; er wollte sie durch einen raschen Entschluß abkürzen. Ohne aufzublicken stand er auf, sagte leise gute Nacht und ging mit schnellen Schritten auf die Thüre zu.

»Gast, Gast!« rief ihm die Mutter nach, »was geht Ihr denn schon? Bleibt doch noch ein Bissele, ich hab' ja mit Euch noch gar nichts geredt.«

Emanuel wandte sich um. »Was wollen Sie?« fragte er beinahe unhörbar.

»Sagt mir, Gast«, begann die Mutter, »Wie kommt Ihr denn eigentlich in die weite Welt? Ihr seht ja gar nicht darnach aus, als wäret Ihr ein geborner –«

»Bettler – wollen Sie sagen? Das bin ich auch nicht.«

»Warum also doch? Ich geb' Euch gern zu essen, so soll mir Gott in meiner letzten Stund' beisteh'n, aber Eure Mutter, ich will drauf wetten, wird das ungern seh'n, wenn ihr Euch keine Condition schafft. Lebt sie noch?«

»Ja, bis zu hundert Jahren.«

»Und?«

»Was?«

»Warum seid Ihr nicht bei ihr geblieben?«

»Es ist mir zu enge geworden daheim.«

»Merkwürdig, merkwürdig! So kann man jedwedes Jüngel reden hören, wenn es will fort in die weite Welt. Es will keines zu Haus bleiben, und wo kommt das her? Weil der Mensch nie genug hat, und als möcht' Einer mit der Peitsch' hinter ihm stehen und jagt und treibt ihn, geht er immer besserem Futter nach. Wenn ihm seine Mutter die Kissen vom Bett zurecht macht, daß er leicht liegen soll in der Nacht, so will er lieber, eine Fremde soll ihm Steine unter den Kopf legen. Der Mensch kommt mir vor wie jenes Kind, was sich von seinem Vater hat nie wollen segnen lassen; erst wie das Kind war gestorben, hat es müssen bitterlich einsehen, daß doch etwas gelegen ist an eines Vaters Segen. Es hat müssen alle Freitag Abend aus dem kalten Grab herausgehen und seinen Kopf legen unter seines Vaters Händ'; es hat keine Ruh' gehabt. Und das paßt Euch auf jedwedes Jüngel: es kommt immer auf Vater und Mutter zurück, und oft, wenn es schon zu spät ist. Ich sag' Euch, Gast, ein Jüngel, was die Segnungen von seinen Eltern nicht braucht, weil es weit weg ist von ihnen, dem Jüngel kann's nicht ganz gut gehen. Ihr selbst werdet auf meine Red' schon zurückkommen. Eine Mutter, die soll sich deßwegen immer nur Töchter wünschen, die bleiben ihr treu, die kann sie zu Haus behalten, aber ein Jüngel, das ist wie eine Schwalb', fliegt fort, wie es nur die ersten Federn hat.«

»Sie wünschen also ihren Elije nicht geboren zu haben?« fragte Emanuel leise. Sein Herz schlug aber lauter als der Klang seiner Stimme.

»Schmah Jisroel«, rief die Mutter entsetzt, »hab' ich so etwas gesagt? Ich kann mir ja gar nicht vorstellen, was ich wär' ohne meinen Elije in der Welt; gerade meinen Elije muß ich geboren haben. Und glaubt nur nicht, Gast, eine Mutter hat gar keine Freud' an ihrem Kind, wenn es auch weit fort ist von ihr! Gott der Allmächtige hat das schon ganz gut eingerichtet! Wenn so eine Mutter fast verzweifelt ist und traurig, und gar nicht weiß, wie es ihrem Kind auf der weiten Welt geht, da bleibt ihr noch etwas übrig. Ich nehm' mir dann mein großes Gebetbuch her und sag' daraus ein paar Capitel Psalmen, und da glaubt Ihr nicht, Gast, wie mir da immer wird. Ich seh' dann meinen Elije, gesund, schön und frisch vor mir stehen, das Glück fließt nur von ihm; er lacht mich an, er lacht mich aus, wie ich nur so besorgt sein kann wegen ihm. Schmah Jisroel, ruf' ich dann, soll ich denn wissen, daß es dir so gut geht??. ... Aber jetzt glaubt Ihr doch, Gast, daß ich auch Freuden hab' an meinem Elije?«

»Mutter, treffliche Mutter«, murmelte Emanuel.

»Was meint Ihr, Gast?« fragte Channe aufhorchend.

»Ich meinte nur«, entgegnete Emanuel, »was ich darum gebe, wenn mich meine Mutter nur einmal wieder segnen wollte!«

Minuten lange ruhte Channe's Auge auf dem Gaste. »Seid Ihr ein so guter Jüd'«, begann sie, »und wünschet also so was, so verdient Ihr auch, was ich für Euch thun will.

Kommt her, mein Sohn«, sprach sie mit wunderbarer Regung, »ich will Euch auf einen Augenblick so heißen, und will mir vorstellen, Ihr seid mein Elije. Dagegen kann Gott Nichts haben, daß man einem fremden Menschen seinen Segen gibt. Kommt her, ich will euch benschen!«

Das Haupt gebeugt, die Hände seiner Mutter darauf, empfing Emanuel ihren Segen. Und Benjamins Gesang schallte noch lange in den Sabbath des Ghettos hinaus, als der heimgekehrte Sohn noch vor dem Hause seines Vaters stand, ein Nachtgebet auf den Lippen, wie noch keines zu den Sternen des Himmels gestiegen.

Nachschrift zu obigem Briefe.

»Nur noch diese eine Nacht laß mich hier weilen, Clara, ich gehöre dann Dir, Deinem Glauben und Himmel für die Ewigkeit an. Nur noch diese eine Nacht!

Ich habe nun Alles erlangt, weßwegen ich Deiner Augen Licht auf so lange Zeit mich entzogen; ich habe meine Eltern, Geschwister und Heimat gesehen; ich habe den Segen meiner Mutter empfangen, und könnte nun ziehen und thue es doch nicht. Nur noch diese eine Nacht! Ich fühle, mein Bleiben in der Heimat hängt mit Fäden zusammen, die ich längst abgeschnitten glaubte, ich habe hier noch etwas zu verrichten, wovon ich mir keine Rechenschaft ablegen kann.

Meine Eltern will ich Dir schildern, aber nicht in diesem Briefe; er müßte erröthen darüber, daß ich eine Welt von Poesie auf zwei oder drei Blattseiten bringen will. Dazu brauche ich Zeit.

Lebe wohl. Kein Schatten von Furcht oder Sorge gleite über das Antlitz meines Lebensengels. Wie viel ich dir und Deinem Vater schulde, weiß ich nur zu gut.

Daß ich diesen Brief schreibe, ist ein ganz mittelalterlich ritterliches Wagniß, für das mir die Dame meines Herzens den zärtlichsten Preis umhängen sollte; es ist ein Abenteuer à la Lindwurm oder

Drachen. Ich schreibe ihn nämlich mitten unter schlafenden Bettlern, und eine ausgelassene Fliege hat nur über irgend einer Nase etwas schwerfälliger zu werden, so ist der Lindwurm erwacht und speit sein Gift gegen mich. Entweihe ich nicht den Sabbath?

Und doch, schon wegen der acht und zehn Häuser, die mich von meinen Eltern trennen, sollt' ich ihn nicht profaniren. Ich bin wie ausgetauscht.«

Unmöglich können wir unsern ›Gast‹ auch am folgenden Tag, der der eigentliche Sabbath ist, aus dem Ghetto ziehen lassen. Wie wollte Emanuel das auch anstellen? War er unsichtbar um aus der Schlafstube, sein Gepäck auf dem Rücken, den Wanderstab in der Hand, mitten aus dem drohenden Knäuel dieser Bettler mit heiler Haut zu kommen? Zudem war auch heute Benjamin's Verhör; er mußte doch wissen, ob sich der Knabe das ›Grafenröckl‹ verdient hatte.

Früh Morgens, am Sabbath, als Emanuel durch die schmutzigen Fensterscheiben seiner Schlafstube blickte, sah er seinen Vater in Begleitung Benjamin's zur Synagoge wandeln. Der Knabe ging hinten drein, und trug unter einem Arme die Bibel, unter dem andern den weißen Talar, in den man sich beim Gebete hüllt. Mit dem Auge eines Sohnes freute er sich, wie stattlich der Vater, so ganz anders, als gestern unter der Last des Waarenpackes, sich heute ausnahm. Auch den beinahe 30jährigen Hochzeitsfrack, der jetzt der Sabbathfeier dienen mußte, erkannte er.

Wehmüthiger machte ihn schon Benjamin's Anblick. Hier sah er seine zweite Jugend, den lebendigen Abglanz seiner Kindheit vor sich. So wie Benjamin, trug auch er einst seinem Vater, wenn er ihn in die Synagoge begleitete, die Bibel nach; so wie Benjamins Antlitz leuchtete auch das seinige in gerechtem Stolze, wenn er sich unter der Last des schweren Buches, das Jahrtausenden zur Stütze gedient, abmühen konnte. Und Jahre werden kommen, und wieder vergehen, dachte er bei sich, da wird von dieser glaubensstarken, ehernen Burg nur ein Schutthaufen Dich gemahnen, daß nicht einmal die Gedanken unsterblich sind, da wird dieser Knabe Benjamin sein, was sein Bruder Emanuel geworden ist. Dafür behüte ihn aber der Himmel!

Fast um sich des aufsteigenden Gewitters seiner Seele zu entladen, trat er hinaus auf die Gasse, und folgte schattengleich den Beiden bis zur Synagoge nach.

In der Synagoge nahm er den bescheidensten Platz draußen in der Vorhalle ein; er konnte von dort aus in das dichte Gedränge der betenden Versammlung und darunter Vater und Bruder erblicken. Sonderbar! wie sehr auch Emanuels Seele und Gemüth jeder Erregung offen stand, wie gleichsam an jedem Gefühle die Erinnerung als Glöckner stand, um alle Glocken der Kindheit zu läuten, so, wir müssen es gestehen, machte der Sabbathgottesdienst doch keinen Eindruck auf ihn: seine Regellosigkeit, das ungebundene, in aller Freiheit aufschreiende Gebet der Anwesenden, traf seine Seele sogar verletzend – dennoch beschäftigte ihn ein Gedanke, den er bei der Rückkehr seiner Clara mittheilen wollte, und den wir um Emanuels Willen hersetzen müssen:

Willst Du wissen, Clara, gedachte er ihr zu sagen, warum die Juden im Leben gewöhnlich so selbständig auftreten? Nicht angeborner Speculationsgeist ist es, nicht höhere Begabung, nicht unter äußerem Drucke elastisch gewordene Intelligenz. Tritt einmal in eine Synagoge, verlache da mit Recht nach der Sitte der Deinigen dieses athemlose, unmelodiöse Geplärre, dieses pagodenhafte Bücken und Beugen, und Du hast den Schlüssel zu meinem Räthsel gefunden. Es wird Dir vor Allem die Selbständigkeit in den Gefühlsäußerungen der Beter auffallen; ein Jeder schreit, ein Jeder bewegt sich, ein Jeder drängt sich gleichsam wie in einem Audienzsaal vor Gott, um gehört zu werden. Wenn Ihr Heilige habt, die als Vermittler in der Mitte der Leitern stehen, die Ihr an den Himmel anlegt, während Ihr unten in jammervoller Demuth hinanseht, wie sie Euere Opfergaben hintragen, so hat der Jude die Unmittelbarkeit seines Gebetes voraus. Wer aber schon zu seinem Gott in so offenem Verhältnisse steht, sollte der vor Menschen Scheu haben? Ihr habt zu viel Andere, die für Euch beten, bitten und handeln.

Dieses und noch Manches Andere, was Clara nicht sobald von einem Andern und noch viel weniger aus einem Buche hören konnte, gedachte er ihr bei seiner Rückkehr mitzutheilen. Einstweilen mußte er es aber dulden, daß er von jedem, der zur Synagoge Hinausgehendem mit dem traulichen ›Salem Alechem‹ und dem brüderlichen Händedruck begrüßt wurde, er, der verlassene, auf Sabbathkost genommene Bettler! Selbst den reichen Joseph Brandeis, zu dessen Schätzen er als Kind schwindelnd hinangeblickt, sah er auf sich zukommen. Sein Vater und Benjamin kamen vorüber, Letzterer mit von Furcht und banger Erwartung angegriffenen Zügen des holden Antlitzes. Athemlos rief sogleich der Knabe, indem er die Hand nach ihm ausstreckte:

»Kommt mit zum Verhör, Ihr müßt dabei sein.«

»Darf ich?« fragte Emanuel mit einem Blick auf seinen Vater.

»Benjamin möcht' sich gern die ganze Gemeinde zusammenrufen«, entgegnete der Vater, beinahe Besorgniß über den Erfolg seines Kindes in der Stimme kundgebend, »weiß ich aber, ob er etwas können wird? Ein Blatt Talmud ist kein Spaß, Benjamin, und vier Augen sind genug, wenn man Schand' soll erleben.«

»Kommt nur«, bat Benjamin.

Zum Vetter Rebb Jaikew hatten sie nicht weit zu gehen; er wohnte im Synagogengäßchen. Emanuel fielen die Sabbathe seiner Kindheit ein, an denen er gebangt und gezittert, wenn er die finstere Stiege zum Verhör beim Vetter Rebb Jaikew hinaufsteigen mußte, und die finstere Gestalt dieses Verwandten, der in seiner Familie ein an Anbetung grenzendes Ansehen genoß, tauchte vor ihm auf. Damals war der Vetter noch jung, dennoch fürchtete man sich ihn anzusehen. Wie mußte dieses bleiche, von Furchen tiefer Erkenntniß gezeichnete Antlitz, wie mußten diese buschigen Brauen über den grauen Augen erst jetzt erschrecken! Dennoch erinnerte er sich der Seligkeit, wenn der Vetter mit ihm zufrieden, seinem Weibe zurief, ein Sabbathobst für Elije bereit zu halten, und er des Nachmittags kam, um es abzuholen.

»Fürchtest Du dich, mein Benjamin?« fragte er deßhalb den Knaben, als sie die Treppe hinanstiegen.

»Nicht ein Bissele«, entgegnete das Kind; aber die zitternde Hand beschuldigte es der Lüge.

Der Vetter saß gerade vor einem dicken Buche, aus dem er ›lernte‹ als sie eintraten; er hatte sich in der That während Emanuels Abwesenheit wenig verschont.

»Guten Schabbes, Vetter«, grüßte schüchtern der Vater.

»Gegrüßt sei der Angekommene!« klang es dumpf zurück; der Vetter blickte vom Buche kaum auf.

»Nu, sag's ihm«, flüsterte der Vater Benjamin zu, »geh hin und bitt' ihn.«

Ein Todesbangen lag auf dem holden Antlitz des Knaben; seine Seele war scheu in die tiefsten Werkstätten ihrer Thätigkeit geflüchtet, es war nur ein von Furcht beseelter Körper.

»Ich möcht' mich verhören lassen, Vetter Rebb Jaikew«, stotterte fast unvernehmbar der Knabe.

»Verhören, aus was?« fragte der Vetter klanglos trocken.

»Aus dem ersten Blatt Talmud«, war die Antwort Benjamin's.

Ein steinernes Lächeln glitt über die Züge des Vetters, aber es verschwand sogleich, als wenn es zu lange dort geweilt hätte. »Narrele«, sprach er langsam, »dort im Winkel hab' ich einen Kasten stehen, der ist voll mit Büchern. Kann ich wissen, von welchem Du gelernt hast?« – »Das erste Blatt« – Benjamin erröthete – »Von Baba Mezieh« verbesserte er seinen Fehler.

Ein neues Lächeln, noch kälter wie das frühere, warf ein flüchtiges Wetterleuchten über den Gelehrten. »Wie alt bist Du?« frug er nach einer Pause. »Auf Neujahr werd' ich elf Jahr alt.« »Und das erste Blatt Talmud?« Er that diesen Ausdruck in so dumpfer, klangloser Weise, daß man kaum unterschied, war er in Spott oder Verwunderung gemeint. Mit dem Finger deutete er hierauf auf eine Stelle des Kastens, wo Benjamin den betreffenden Folianten finden sollte.

»Jetzt heb' an«, sprach er, nachdem Benjamin die erste Blattseite des Buches vor sich aufgeschlagen hatte. Jetzt erst trat der Vater, der bis dahin in ehrfurchtsvoller Scheu zurückgestanden, vor, zog die Brille an, seinen Kopf über Benjamin's Schultern streckend, damit ihm vom Verhöre auch nicht das Geringste entgehe. Benjamin begann erst schwankend, dann immer sicherer und fester. Es war für den Dorfgeher ein ganz eigenthümliches Gefühl, dem wir unmöglich Worte leihen können, als er sein Kind den schweren Sinn des Talmud's verdeutschend, und dabei in jenem singenden Tone des Lernens, mit allen Geberden und Bewegungen, wie er ihn den Daumen umstülpen, dann wieder bei einer Schlußfolgerung aufheben und kämpfen sah. Nein, guter Rebb Schimme, wir wollen leise, ganz leise an den Freuden dieses Augenblickes vorüberhuschen, kein Wörtchen soll uns entkommen. Zuweilen war aber auf seinem Gesichte Sorge und Furcht zu gewahren; das geschah, wenn der Vetter dem Knaben eine jener Querfragen vorlegte, die im Buche nicht standen. Dann legte sich die Stirne des holden Knaben in Falten; er sann nach, bis ein flüchtiges Aufblitzen seiner Augen, gleichsam eine Offenbarung seines Antlitzes verrieth, daß er den Vetter verstanden. Und wie eine Frühlingsblume blühte dann an den Lippen des Dorfgehers ein väterlich mildes Lächeln, wenn er den Vetter kopfnickend, sich den Bart streichen sah, und Benjamin, weil er die Frage beantwortet, fortfahren durfte.

Das Verhör war endlich zu Ende. Schweiß stand auf der Stirne des Knaben, sein Antlitz glühte, eine erwartungsvolle Stille lagerte sich über die Stube; der Vetter sah starr vor sich hin. »Das Jüngel«, wandte er sich hierauf zum Vater, »das Jüngel hat einen eisernen Kopf, wenn er Acht gibt, kann etwas Großes aus ihm werden.« Darauf seinen Kopf nach rückwärts zur offenen Thüre gewandt, rief er: »Zirl, Zirl, komm' ein Bissele heraus.«

Auf der Schwelle erschien sein Eheweib, die Muhme Zirl. »Du sollst wissen, Zirl«, sprach er zu ihr, »heut' Nachmittags um 3 Uhr, da wird das Jüngel Benjamin zu dir kommen, dem wirst du geben zwei kleine Äpfel, nicht mehr und nicht weniger. Hörst Du gut? Aber Huzeln... so viel Du willst, ich will *Dir* nichts vorschreiben. Und jetzt ist gut.« Damit stand der Vetter auf, als wollte er die Gäste schon verabschiedet wissen, und trat mit dem Talmud an den Bücherkasten, woraus ihn Benjamin geholt. Der Dorfgeher aber nahm den Knaben bei der Hand und rief. »Soll ich leben, Benjamin Leben, Du hast mir viel Freud' gemacht, morgen gehst Du mit der Mutter zu Rebb Maier Tuchhändler.« Dann wünschte er dem Vetter Jaikew einen guten Schabbes und »wohl bekomm's«, und wollte mit Benjamin der Thüre zu; da rief ihn des Vetters Stimme wieder zurück.

»Rebb Schimme«, sagte er, »ich trag' Dir's auf, gib auf das Jüngel Acht, auf dem ruht der Geist, daß es Dir mit ihm nicht geht wie mit deinem Elije. Was hörst Du von dem?«

»Nichts, gar nichts«, entgegnete der Vater, nach so vieler Freude wieder traurig werdend.

»Was hat der Elije nicht für einen Kopf gehabt«, fuhr der Vetter fort, »und was ist aus ihm geworden? Nach' seinen Verstand und Klugheit hätt' er können Landrabbiner werden. Und was ist aus ihm geworden? Nicht einmal wißt Ihr, wo er sich aufhält! Kann der ein guter Jud' geblieben sein? Für den Elije ist Schad', groß Schad', aus dem hätt' was Großes können hervorgehen – und jetzt, vielleicht hat er sich –«

»Gott sei davor«, rief erschrocken der Dorfgeher, der den Vetter wohl verstanden, und griff mit dem hastigen Rufe »Gut Schabbes«, schnell zur Thürklinke.

Draußen aber überkam es unsern Emanuel mit Sturmesgewalt, wie er so neben dem Vater und Benjamin einherschreiten könne; er schien sich neben ihnen so schuldvoll, als hätte er seine Hände soeben in Blut gewaschen. Ein Augenblick sinnverwirrender, dunkler Eingebung war es wohl, daß er sich bei einer Biegung der Gasse von Benjamin losriß und ohne Abschiedswort davon eilte.

Emanuel war, ohne daran zu denken, wie weit ihn seine Füße trugen, tief in den Sabbath-Nachmittag hineingegangen. Die Qualen eines ruhelosen, zwischen Gegensätzen auf und niederwogenden Herzens trieben ihn so weit. Das Ghetto lag schon in dämmernder Ferne hinter ihm, als es ihm einfiel, daß er beinahe unwillkührlich das Versprechen, das er Clara gegeben: nur noch die Eine Nacht im Banne seiner Eltern zu bleiben und dann zu flüchten, wirklich erfüllt habe. Er war geflohen – und er freute sich darüber. Er schrieb das dem Geist der Liebe zu, der mächtiger sei als alle andern Bande, sie mögen Eltern oder Geschwister heißen. Oft sah er Klara neben sich gehen, sie hielt ihre Arme um seinen Hals geschlungen, und beseligt fühlte er an seinen Wangen ihrer Nähe beglückenden Athem!

Dennoch dachte er einen Augenblick darauf mit Schauder daran, was wohl seine Eltern dazu gesagt hatten, daß er nicht zum Mittagessen gekommen war, und was es für einen Eindruck auf Benjamin machen mußte, wenn er in die ›Schlafstube‹ kam, und ihm da die Kunde ward: der von ihm so ahnungsvoll geliebte Bettler sei am heiligen Sabbath verschwunden! Wenn dieses Kind ein finsterer Menschenverächter wird, war sein Gedanke, so trägst du die Schuld daran; wie den Kelch einer Blume neigte es seine junge Seele der deinen entgegen, aber statt Sonnenlicht läßt du nur Gifttropfen in ihr zurück, statt der Freundesgestalt stehst du vor ihm als Religionsfeind und Sabbathverräther. Das Kind mußte ihn für sein ganzes Leben hassen.

Nun wäre er beinahe wieder umgekehrt –, und er that es auch, ohne zu merken, daß er heimwärts ging. Erschrocken, aber dennoch mehr erfreut, fand er sich in später Nacht wieder vor der Schlafstube; er wankte wie im Traume hinein. Hier erfuhr er von den übrigen Bettlern, daß ihn Benjamin wirklich gesucht, und wegen seines Ausbleibens vom Mittagsessen besorgt sich geäußert habe. Es fehlte auch nicht an spöttischen Fragen und Witzen der ›Gäste‹, die an seinen staubigen Kleidern den Sabbathverächter erkannten.

»Wo habt Ihr zu Abend gebetet?« fragte ihn Einer anmaßend, der ihn vom Scheitel bis zur Fußzehe mit den Augen maß.

Selbst das polnische Weib, dessen Augen ihn so lebhaft an Clara gemahnten, hielt den Spott nicht zurück und meinte: er hätte den

Weg verfehlt, und darüber sei er dem Sabbath aus dem Wege gekommen.

Emanuel würdigte die Gäste keiner Antwort; er warf sich müde auf eine der Holzbänke; seine Seele kam ihm höchst erbarmenswerth vor. Was hatte sie gelitten seit den wenigen Stunden, da er im Ghetto war! Und des Leides war doch kein Ende, selbst wenn er ging! Da ließ er einen Benjamin zurück, dessen herrliches Gemüth er vergiftet, den er gleichsam entweiht hatte. Heute und morgen mußte sich die Lüge offenbaren mit der er vor seine Eltern getreten, der Verrath an seinem alten, die Lüge an seinem neuen Glauben mußte kund werden, aber er erschrak nicht so davor, als vor dem Verrath an Benjamins Seele! Vor dem Kinde wäre er gerne rein gestanden, er meinte nicht fortgehen zu können, wenn er sich vor ihm nicht entschuldigt hätte. Einige Male stand er sogar vor seines Vaters Wohnung, noch brannte Licht darin; er sah die Gestalten seiner Mutter, Benjamins und Röseles auf und nieder schweben; – er segnete sie, aber so oft er die Thürklinke zur Hand nahm, mußte sie ihm entsinken. Es war bestimmt, daß er als Religionsfeind, Sabbathverächter und Seelenvergifter aus der Heimath scheiden sollte!

Wir finden am anderen Tage unsern Emanuel in wirklicher Flucht begriffen, die Straße wandelnd die zu einem benachbarten Städtchen führt, wo er Postpferde nehmen wollte. Wir sehen ihn, blassen Antlitzes, auf das die Sorge und das Nachtwachen ihre leserlichen Züge geschrieben, so gedankenvoll dahin schreiten, daß seinem Auge ein auf derselben Straße wandelnder Mensch entging, auf dessen Rücken er eine Last bemerkt und in welchem er nach genauerm Hinblick seinen eigenen Vater erkannt hätte. Erst zehn Schritte von ihm vernahm er ein lautgesprochenes hebräisches Gebet – er blickte auf und that einen lauten Schreckensschrei.

Sein Vater wandte sich darauf um und winkte ihm mit der Hand, daß er ihn im Gebete nicht unterbrechen sollte. Er hatte die Gebetriemen noch an und ging so, singend und seinen Herrn lobpreisend unter freiem Himmel. Emanuel hatte indessen Zeit, sich auf die bevorstehende Scene vorzubereiten.

»Warum seid Ihr nicht zum Essen gekommen, Gast«, begann der Dorfgeher nach Beendigung des Morgengebetes, indem er langsam die herabgenommenen Gebetriemen zusammenlegte, »hat Euch meines Weibes Kost nicht zugesagt?«

»In meinem Leben hab' ich keine bessere gehabt,« entgegnete Emanuel schüchtern auf die mit leisem Spott vorgelegte Frage seines Vaters.

»Und doch weggeblieben? – Meinem Benjamin habt Ihr die ganze Freud' verdorben; er hat nichts essen wollen, und wie ihm Nachmittag die Mutter, weil er mit dem Talmud so Gotteswunder ist bestanden, hat ein Geschichtchen erzählen wollen, hat er's nicht angehört, weil *Ihr* nicht dabei wart. Was sagt Ihr nur zu dem Kind?«

»Was ist das für eine Geschichte?« fragte Emanuel, der in dieser Ableitung des Gespräches ein vortreffliches Mittel fand, dem Thema über sein gestriges Wegbleiben auszuweichen.

»Mein Weib hält Stücke darauf und nimmt nicht Gold dafür. Das Geschichtchen ist einmal in unserer eigenen Familie vorgegangen, und wenn Channe einem Kind Freud' machen will, so erzählt sie's ihm. Gestern hat's Benjamin hören sollen.«

»Kommt nicht ein Getaufter drin vor?«

»Wie wißt Ihr das?«

»Ich hab' davon etwas läuten gehört.«

Emanuel sprach keine Unwahrheit. Die Mutter hatte ihm das Familienmährchen in seiner Kindheit erzählt.

Nach diesem ersten Beginn gingen Vater und Sohn stillschweigend neben einander; ersterer war es, der wieder anfing:

»Wo geht Ihr eigentlich hin, Gast? Vielleicht wißt Ihr's aber selbst nicht.«

»Ihr könnt Recht haben, Rebb Schimme«, sagte Emanuel mit trübem Lächeln.

»Und schickt sich das für so einen jungen Menschen, wie Ihr seid?« fuhr der Dorfgeher auf. »Jeder Mensch, und besonders ein Jüdenkind, muß etwas vorhaben, dem was er nachgeht.«

»Wenn ich Euch aber sage, daß ich etwas vorhatte –«

»Das brauch' ich nicht zu wissen. Ich weiß übrigens selbst nicht, warum ich Euch so frage. Was geht Ihr mich an? Ich hab' das auch meinem Weibe gesagt, sie hat mir aber nicht folgen wollen.«

»Warum?«

»Sie kann Euch gar nicht vergessen, sie und Benjamin haben den ganzen Tag von Euch geredt, es ist nur, daß sie nicht geweint hat, wie Ihr nicht gekommen seid. Bis spät in der Nacht hat sie auf Euch gewart' und hat nicht wollen schlafen gehen, Benjamin auch. ›Narrele‹, hab' ich gerufen, ›was liegt dir an dem Bettler auf? Hast Du noch keinen bei Dir gesehen?‹ ›Schimme‹, hat sie gesagt, ›Du weißt gar nicht, wie mich das verdrießt, daß der Fremde nicht kommt! Hat ihn Einer beleidigt?‹ Da hat Benjamin zu weinen angefangen.«

Trotz der tiefen Erregung begriff Emanuel recht wohl den Unterschied, den Vater und Mutter zwischen ihm machten, der Vater sah einen Bettler in ihm, die Mutter nur einen Fremden.

»Mich hat Niemand beleidigt«, warf er wie halbgesprochen hin.

»Aber im Ernst, Gast«, setzte der Dorfgeher weiter, »auf wohin wollt Ihr denn eigentlich? Ich seh's gern, wenn Ihr noch ein Stück mit mir geht. Bis zum ersten Dorf könnt Ihr noch mit mir gehen.«

»So weit Ihr wollt«, sagte Emanuel unvorsichtig.

»Da dafür will ich euch im Dorf ein Haus zeigen, wie Ihr noch keines in der Welt angetroffen habt, ich will Euch zu Rebb Schmul Randar führen, da bekommt Ihr gewiß ein gut Stück Geld auf den Weg und noch ein Anbeißen dazu. Ganz feine Leute wohnen da drin; kommen auch hundert Bettler gegangen, es kriegt jeder etwas, und tausend Segen kleben an dem Haus. Der Jud', der hat ein Herz, bei den Bauern bekommt Ihr so nichts.«

»Ich habe doch immer gehört, die Bauern seien gastfreundlich, sie bewirthen gern«, verbesserte Emanuel den etwas unverständlichen ersten Ausdruck.

»Probirt's nur und geht zu einem hinein, da werdet Ihr das selbst sehen; da werdet Ihr hören, wie der Bauer oder die Bäuerin zu Euch sagt: Wir haben nichts, geht nur zum Juden hinüber, der Jud' ist reicher als wir, der Jud' hat unser Geld! Wenn sie Euch nicht das sagen, so heiß' ich nicht Schimme Prager. Der Jud' kann aber Allen geben, der Jud' besinnt sich nicht, wenn er thut geben, und das kommt daher, weil der Jud' ein Herz hat.«

Emanuel schaute nach diesen starken Worten seinem Vater in's Gesicht; es lag eine schöne Röthe darauf, des Zornes oder des Spottes: er hätte sie gern seiner Clara gezeigt. –

Des Interessanten vernahm er übrigens gar Manches, als er so mit seinem Vater dahinzog. Trotz aller Beschränktheit und Vorurtheile, die dem Sohne zuweilen ein Lächeln entlockten, mußte er über das volle Bewußtsein und den klaren Verstand des Dorfgehers erstaunt sein. Er hätte das hinter der gekrümmten, keuchenden Gestalt nicht gesucht. So verblendet war Emanuel durch seine Lage, so verwirrt durch den Zwiespalt seiner Seele geworden, daß er oft das natürliche Verhältniß zu seinem Vater vergaß und eine bloß fremde Person vor sich sah, deren geheimnisvolles Wesen er erforschen und durchwühlen mußte, um interessante Bemerkungen für seine Clara zu bereiten!

Dieser unselige Wahn täuschte ihn noch öfters, aber jedes Erwachen war mit schmerzlichem Kampfe verbunden. Wenn er sich an der Seelenentfaltung des Dorfgehers, an seinen Fragen und Antworten ergötzte, wenn er ihn in seinem Zorn und Spott, in seinem Glauben und Aberglauben sah, und ihm dann jedesmal einfiel: das ist dein Vater – dann blutete er aus allen Wunden. Schwer läßt sich die Stimmung Emanuels während dieser Wanderung neben seinem Vater schildern; sie wechselte wie Regen und Sonnenschein ab, bald lind, und weich, und im nächsten Augenblicke darauf wild und gereizt. Es war dies die nothwendige Folge eines in seinen tiefsten Lebenswurzeln bedrohten Gemüthes, an das so mannigfache Erschütterungen unausgesetzt ihre Axt legten.

»Heut' weiß ich, werd' ich nichts lösen«, sagte der Dorfgeher, als sie die Häuser des Dorfes vor sich sahen.

»Wie könnt Ihr das wissen?«

»Weil heut' Sonntag ist, an dem Tag verdien' ich nichts. Wo hat der Bauer heute Zeit, mir etwas abzukaufen?

Jetzt läuten sie mit der Glock' in die Kirche, hernach essen sie, und Nachmittags führt der Bauer seine Bäuerin in's Wirthshaus, da tanzen sie und trinken sie. Wie soll ich da etwas lösen?«

»Und warum soll der Bauer seinen Sonntag nicht genießen können?« rief Emanuel sich selbstvergessen aus,»habt Ihr nicht Euern Sabbath?«

»Kurios redet ihr, mein lieber Gast«, sagte der Dorfgeher verdrießlich,»wie könnt Ihr unsern heiligen Schabbes mit Sonntag vergleichen? und mein ich denn, der Bauer soll keinen Tag haben, wo er sich ausruhen und auf der Ofenbank ausstrecken kann? Wer braucht denn nicht den Sonntag? Der Bauer und der Handwerker; und wer kann das besser einsehen, als der Jud'? Der hat dafür seinen Schabbes.«

»Alles wahr, mein lieber Rebb Schimme«, rief Emanuel mit immer mehr gereizter Stimmung,»wenn Ihr aber das wißt, warum bleibt Ihr am Sonntag nicht lieber zu Haus? was stört Ihr den Sabbath der Bauern?«

»Das heißt geredt!« schrie dagegen der Vater,»das heißt gered't! Soll ich zwei Tage in der Woche verlieren?«

»O!« rief Emanuel überquellend aus,»weil Ihr einen Tag nicht wollt verlieren, darum muß der Bauer in seinem Sonntag gestört werden? Weil Ihr Euern Pack mit alten Westen und Schnupftüchern nicht wollt müßig im Winkel liegen lassen, darum darf der Bauer nicht wissen, daß er Sonntag hat?«

»Trinken und tanzen und juchezen kann er, nicht wahr?« meinte der Dorfgeher mit Bitterkeit,»und ich verstör' ihm seinen Sonntag, wenn ich ihm eine alte Weste oder Schnupftuch aus meinem Pack, wie Ihr sagt, thu' verkaufen? Ich komm' doch immer auf mein Sprüchwort zurück: Wer sich am wehesten thut, das ist der Jüd' selbst.«

»Wie meint Ihr das?« fragte Emanuel, betroffen durch den wehmüthig bitteren Ausdruck seines Vaters.

Der Dorfgeher behauptete aber ein hartnäckiges Stillschweigen. Emanuel fühlte, daß er seinem Vater durch die tiefliegendsten Fasern seines Wesens geschnitten habe.

»Seid Ihr noch ein Jüd', Gast!« rief er plötzlich, indem er vor Emanuel stehen blieb.

»Was heißt das?« fragte Emanuel erschrocken, »bin ich denn keiner?«

»Ansehen thut man's Euch nicht, wenn man Euch so reden hört. Welcher Jud' wird dem Bauer Recht geben und sich selbst Unrecht? Aber so sind wir leider Gottes Alle. Warum sagt Ihr nicht lieber gleich: was soll mir der ganze Sabbath? warum hab' ich mit dem Bauer und mit dem Handwerksmann nicht zu gleicher Zeit meinen Schabbes? Da braucht' ich mit meinen alten Westen und Schnupftücheln nicht herumzugehen, da könnt' ich einen Tag in der Woche einstecken und mehr Geld verdienen. Und habt ihr nicht dadrauf kommen wollen? Ihr meint, Gast, ich weiß nicht, was in der Welt vorgeht? daß man umgeht, den Schabbes abzuschaffen. Sagt, habt Ihr nicht da drauf kommen wollen?«

»Und wenn?« entgegnete Emanuel stockend, der sich übrigens freute, den Vater auf einem allgemeinen Standpunkte des Streites zu finden. Milder, als wohl zu erwarten stand, sprach der Dorfgeher:

»Nicht Ihr, nicht ich können da etwas sagen, Gott allein kann das entscheiden. Gott aber hat gesagt: Am siebenten Tag sollst Du ausruhen von aller Deiner Arbeit – (er sagte den hebräischen Text aus der Schöpfungsgeschichte) – hat er da gewollt haben, daß ich am Schabbes mit alten Westen und Schnupftücheln soll hausiren gehen? Hätt' er da nicht gleich gesagt: Schimme Prager, Du kannst Dir, wenn Du willst, aus dem siebenten Tag der Woche auch den ersten machen, an dem Tag werden Peter und Pawel im Wirthshaus sitzen und werden da trinken und tanzen und juchezen, da kannst Du auch hingehen und Dich hinsetzen! Oder umgekehrt: hätt' er nicht gleich gesagt: Schimme Prager, ich weiß, Du bist ein armer Mann und brauchst den Kreuzer Geld, ich will Dir 52 Tag im Jahre zugeben, da kannst Du mehr Geld verdienen. Ich sag' Euch, Gast, will Gott, daß ich etwas soll lösen, so schickt er mir's in den fünf Tagen der Woch' auch zu. Die 52 Tage im Jahre sollen das ausmachen? Das kann ich nicht glauben!«

Sie hatten bei diesen Worten gerade das Dorf erreicht. Und war es ein nachzitternder Groll oder seine erhöhte Stimmung? – der Dorfgeher vergaß, seinem Sohn den Weg in den Randarhof zu zeigen, wo er doch ein so bedeutendes Almosen erhalten hätte! Aber war das noch der Vater, war das noch das nämliche, vom Feuer inneren Glaubenslebens erglühte Wesen, das da vor den Häusern der Bauern dahinschlich und sein langgezogenes »Kauft, Kauft, Kauft!« ertönen ließ? Mit beinahe traumhafter Verwunderung blickte Emanuel dem Treiben seines Vaters zu; als er ihn aber einer unter dem Hausthore stehenden Bauerndirne unter das Kinn greifen sah, fühlte er, wie sich ihm alles Blut nach dem Kopfe drängte. War das wirklich die nämliche Gestalt? Kopfschüttelnd ging Emanuel zum Dorfe hinaus, es litt ihn nicht drinn. Draußen auf der Straße wollte er seinen Vater erwarten.

An Clara.
(Mit Bleistift auf offener Straße geschrieben.)

Nicht einmal die Contouren meiner jetzigen Lage kann ich dir zeichnen; formlos, verwirrt, unendlich liegt Alles vor mir, ich sitze, wie jener Römer, auf Ruinen. Musik! Musik! wo finde ich die Melodie, die meine Unruhe, mein planloses Sichgehenlassen hinwegbannt? Wie ein Räuber fall' ich mir oft selbst in den Arm und rufe mir zu: die Vergangenheit oder – das Leben! Wie bin ich zerstückt, ohne Einheit und Mittelpunkt, seitdem ich die Heimat gesehen!

Denn ich will Dir's nur sagen: Selbst Dein Bild muß ich oft mit blutigen Nägeln aus dem Rahmen meiner Seele loslösen; da sind Vater, Mutter, Schwester und Brüderchen, die drängen sich vor, werfen dichte Schleier darüber, daß ich Dich nicht sehen kann, verhüllen mir das Licht Deiner Augen, – o Herr im Himmel, was soll aus mir werden?!

Meinen Vater solltest Du kennen, Clara, es lohnte sich der Mühe! Ich gehe da mit ihm seit einigen Stunden – hausiren, und habe ihn erst jetzt kennen gelernt; es verlohnt sich wahrhaftig der Mühe. In der Seele eines solchen Juden sieht es Dir gar eigenthümlich aus. Stelle dir ein Buch vor, in dem Du die schönsten Sachen zu lesen bekommst. Du liest weiter, weiter, Du bist erstaunt über den herrlichen Klang tiefsinniger Melodien, die Dir da entgegentönen, Du weißt nicht, woher sie kommen, wohin sie gelangen. Alles gemahnt Dich daran, daß du hier urkräftig Menschliches entdeckt hast, schöner und prächtiger, wie Du es irgend angetroffen.

Und doch ist es nicht Einfalt und Naivität, was Du hier siehst. Aber es ist ein höheres, gleichsam geheiligtes biblisches Gemüth. Du liesest aber weiter – und plötzlich findest Du die Blätter verklebt, die Melodien haben aufgehört, du verlierst die Spur des wunderbaren Glaubensgeäders, Du kannst nicht weiter lesen. Die Blätter hat der Schmutz des Lebens an einander geheftet, der Gemeinheit Kleister hat sie verdichtet. Und das ist das Unheil der Ghettobewohner, daß Ihr nur immer auf diesen Stellen haften bleibt, weil sie Euch auffallen, weil sie Euer Tast- und Sehorgan zuerst beleidigen, und weil der Mensch nie gründlich sein will.

Tiefer in dem Buche wollt Ihr nicht forschen, und das ist Euer Schade. Wir leiden nur darunter.

Du aber, Clara, thue mir, Deinem Emanuel, zu Liebe den Gefallen, und denke, wenn Dir ein solcher Dorfgeher oder Hausirer aufstößt, an meinen Vater! Laß Dich von den schmutzbeklebten Blättern des Buches ja nicht abschrecken.

Es war kurz vor dem ›Schnitt‹. Die Saaten wogten gar üppig durch die Felder und dazwischen schlugen Wachtel und Lerche freudig beseligend! Aber der Dorfgeher war sehr trübe im Sinne; er verdiente die Woche über nur sehr wenig, und Emanuel erkannte dies an den bekümmerten Zügen seines Vaters nur zu wohl. Er sah ihm stets besorgt ins Angesicht, wenn er ihn aus einem Bauernhaus treten sah; immer trug er die nämliche Farbe fehlgeschlagener Hoffnung, er hatte nichts verdient. Beinahe hielt sich Emanuel für das Unheil, das seinen Vater begleitete. Es war kurz vor der Ernte und da stehen wohl die goldenen Saaten draußen auf dem Felde, aber in den Truhen der Bauern fehlt das Geld, und das fühlte der Pack des Dorfgehers!

»Gott geb' nur heuer ein gut Jahr«, sagte einmal der Dorfgeher andächtig, als sie an einem reichwallenden Felde vorüberkamen; man betet nicht umsonst alle Tag' im Winter: ›Gib' Thau und Regen den Feldern‹; der Bauer hat's nöthig.«

»Mir kommt dieses Gebet gar sonderbar vor«, meinte darauf Emanuel, »hat der Jude Felder? ist er Bauer?«

»Verzeiht mir«, rief dagegen lachend der Dorfgeher, »da habt Ihr wieder etwas Curioses geredt. Wenn der Bauer kein Geld hat, wovon soll der Dorfgeher leben? Und wieder umgekehrt: wer soll dem Bauer borgen und wartet ihm, bis er wieder Geld hat, wenn nicht der Dorfgeher da ist? Wer kauft dem Bauer das Hasenhäutel ab, was bei ihm verfaulen möcht', wenn's nicht der Jud' ist? Bauer und Dorfgeher, die gehören deßwegen zusammen, und darum betet man im Winter: ›Gib' Thau und Regen den Feldern!‹ Ich kann mir gar nicht denken, wie der Bauer ohne den Juden existiren könnt'.«

»Das klingt etwas ganz eigen«, lächelte Emanuel, »gewöhnlich preist man die Länder glücklich – wo der Bauer ohne den Juden existiren kann.«

»Das heißt«, sprach der Dorfgeher nachdenkend, »der Bauer hat dort mehr Geld; ich weiß nicht, ob das ganz wahr ist; es muß noch etwas anderes daran sein. Aber Einer muß doch den Juden vorstellen? Wer bringt dem Bauer das, was er braucht, ins Haus, denn der muß daheim bleiben und kann nicht herumlaufen! Ich sag' Euch, Gast, wo kein Jüd' ist, stellt ihn ein Anderer vor.«

»Ihr mögt Recht haben«, entgegnete Emanuel lachend und entzückt von dem Scharfsinn seines Vaters; »es ist nichts als Neid, Rebb Schimme!«

Diese Worte Emanuels können uns als Leitstern dienen, wie wir seinen Seelenzustand beurtheilen müssen. Sein nächster Gedanke, wenn ihn unwillkürlich das Gefühl hinriß, war, daß doch Clara zugegen wäre, um sich seines Vaters zu erfreuen; dann kamen Zweifel, ob sie, die Anderserzogene, Andersglaubende mit denselben Augen sehen würde, ob ihre Seele durch die Pforten der Poesie, wie sie ihm Vater, Mutter und Heimath aufthaten, eintreten könnte. Er zweifelte, und der Zweifel führt ein zweischneidiges Messer.

Es gab Momente, wo sich Emanuel darüber freute, daß sein Vater durch die ganze Woche nichts verdiente.

So zeigte sich ihm doch *ein* Mittel, die Kluft, die ihn nun auf ewig von ihm trennen sollte, zum Theile auszufüllen. Er wollte Gold hineinschütten, so viel und so glänzendes Gold, daß es den Verrath überstrahlen sollte, den schwarzen brennenden Fleck seines Lebens. Nichts sollte dem Wohlergehen der Eltern mehr gleichen; er wollte sie mit einem Walle von Glücksgütern umgeben: dann saß der Vater in stiller Behäbigkeit zu Haus und die Mutter sollte nicht mehr fragen: »Was hast Du für eine Woche gehabt, Schimme?«; seiner Schwester Rösele wollte er die schönste Hochzeit bereiten und Benjamins Zukunft gesichert haben, damit der holde Knabe nicht zum Dorfgeher werde; Alles wollte er ebnen, beschwichtigen, stumm machen, nur sollte man ihm dafür seine Clara lassen. – –

»Wie kommt das, Gast«, sagte Rebb Schimme an einem der letzten Tage der Woche, »ich bin so müd' und matt, als hätte ich mich mit einem Riesen herumgeschlagen; das kommt vielleicht daher, weil ich kein Geld verdiene?«

»Vielleicht«, entgegnete Emanuel beinahe gleichgültig, »ich weiß aber noch einen andern Grund. Soll ich ihn Euch sagen?«

»Laßt hören«, meinte der Dorfgeher lächelnd.

»Es wird Euch aber ärgern, und dafür kann ich nichts. Weil Ihr Euch die ganze Woche keinen warmen Bissen gönnt, weil Ihr Zwiebel und Käse und Anderes, was Euerem Magen keine Kraft verleiht, genießt. Wie sollt Ihr da nicht müd' und matt werden?«

»Gut«, sagte der Dorfgeher, »Ihr könnt Recht haben. Fragt aber anders: Wo soll ich den warmen Bissen hernehmen?«

Emanuel fühlte, daß er ein gewagtes Wort aussprechen wollte.

»Gestern, als es gerade Mittag ward«, begann er schüchtern, »kehrtet Ihr bei einem Bauer ein. Ich stand draußen und hörte sehr gut, wie Euch die Bäuerin einlud, mitzuessen; Ihr aber, was habt ihr dazu gesagt? Ihr habt gesehen, wie Ihr Euch aus dem Staube machen konntet. Gleich darauf verzehrten wir miteinander Brot mit schimmeligem Käse. Nun aber frag' ich Euch, was soll der Mensch thun, wenn ihm ein Anderer sagt: ›Komm' her und iß und sättige Dich, ich geb' Dir's gerne, Du brauchst Dich nicht einmal dafür zu bedanken‹ – soll da der Mensch fliehen, als blicke ihn der Tod von jeder Gabelspitze an, und als läge Gift in jedem Tropfen Suppe, oder soll er sich hinsetzen und fröhlich sein mit den Fröhlichen und sich sättigen an der Gottesgabe, wenn sie auch in andern Töpfen bereitet wurde?«

»Ihr meint«, sagte der Dorfgeher stirnrunzelnd, »ich hätt' bei der Bäuerin essen sollen? Nicht um eine Million«, rief er dann heftig, »Ihr könnt mir sie gleich baar aufzählen.«

»Bei der Hand hab' ich sie nicht«, rief Emanuel versuchsweise.

»Hört an«, sprach darauf der Dorfgeher, »Ihr glaubt mir nicht, das seh' ich Euch an. Ich frag' Euch nur Eins: Ist das Leben eine Million werth? Und ich geb' mein Leben drum und eß bei der Bäuerin nicht.«

O Gott, dachte Emanuel erbleichend, mit welcher Seelenkraft er das ausspricht! Wie werde ich die Kluft ausfüllen können, die sich immer endloser vor meinen Füßen zeigt, wenn ihm schon der Schatten einer kleinen Sünde an das Leben greift? *Mein* Verrath wird ihm wirklich das Leben kosten! Und die Mutter erst!

Seine Traurigkeit wuchs nun mit jedem Schritte, den er mit seinem Vater vorwärts that; er hatte nicht mehr den Muth, eine Frage an ihn zu richten. Was konnte er noch fragen, was konnte er für Antworten erhalten? Jedes Wort, das er sprach, jede Äußerung seines Vaters war ein Nagel zu dem Sarge seines Glückes, ein Messer, das mitten durch das Gewebe ging, woran Liebe und Neigung gewirkt hatten. Also schwieg Emanuel, die Schatten der gänzlich verdüsterten Zukunft auf dem sorgenvollen Antlitz tragend.

Dem Dorfgeher war der Begleiter seiner Wochenwanderung lieb und werth geworden; er bemerkte bald die veränderte Stimmung Emanuels und das Stillschweigen, das er durch eine lange Strecke Weges beobachtete.

»Das habt Ihr davon, Gast«, begann er, »daß Ihr einen armen Dorfgeher thut begleiten. Wär't Ihr Eueren Weg gegangen, wer weiß, was Ihr für gute Bissen hättet gefunden. Indessen«, fügte er verstohlen lächelnd hinzu, »ich komm' jetzt zu meiner schönen Bäuerin, der geb' ich nur ein gut Wort und sie tischt Euch auf, was sie nur im Haus hat. Vor mir braucht Ihr Euch nicht zu geniren, ich kann ein Aug' schon zumachen.«

»Rebb Schimme!« rief Emanuel erstaunt aus der Tiefe seiner Seele, »Ihr gebt mir *den* Rath?«

»Und warum nicht?« sagte der Dorfgeher mit unaussprechlichem Wesen, »wenn's Euch gelüstet, einen warmen Bissen zu essen? Geht hin und macht Euch satt. Mich geht das nichts an, was ein Anderer thut.«

Nach einer langen Pause fragte Emanuel mit gedrückter Stimme:

»Rebb Schimme, würdet Ihr denselben Rath Euerem Sohne geben, wenn er sich in derselben Lage befände?«

»Schweigt, schweigt«, rief der mit einem Male verdüsterte Dorfgeher, »man soll den Satan nicht umsonst rufen, er könnt' kommen.«

Ein schönes Bauernkind mit rothen Wangen kam beim Eintritt in das Dorf auf den Vater zu, und er lächelte, als er das kleine Geschöpf wackelnd auf sich zuschreiten sah.

»Baruschka«, rief er ihm entgegen. Das Kind flog ihm in die Arme und er küßte es herzlich.

»Was macht deine Mutter?« fragte er es.

»Sie ist zu Hause«, sagte das Kind und rang sich von ihm los, um zu seiner Mutter zu laufen.

»Wessen ist das Kind?« fragte Emanuel erstaunt.

»Dem Kind seine Mutter«, gab der Dorfgeher Bescheid, »war einmal das unglücklichste Weib auf der Erd', und wenn sie's nicht mehr ist, so hat sie das Schimme Prager zu verdanken.«

»Vielleicht Euere schöne Bäuerin?« rieth Emanuel ahnungsvoll.

»Die ist's«, sagte Rebb Schimme, »und weil Ihr vorhin gemeint habt, der Bauer kann den Juden nicht leiden, weil er mit ihm nicht will aus *Einer* Schüssel essen, so will ich Euch von meiner schönen Bäuerin etwas erzählen. Der Vater von jener Bäuerin der hat zwei Stunden von hier gewohnt, und war Richter im Dorf; ich soll's zu eigen haben, was der Bauer hat im Vermögen gehabt!

Pawel hat er geheißen, und Pawel hat Stücke auf mich gehalten, ich war wie das Kind im Haus bei ihm, und hab' dort viel Geld in meinem Leben verdient. Der Bauer hat ein einziges Kind gehabt; gewöhnlich meint man, nur bei uns Juden hat man seine Kinder gern; der Bauer gibt auch sein Leben für sie hin. Ich hab' das an meinem Pawel gesehen, er hätt' für die Tochter die Sonn' vom Himmel heruntergerissen. Einmal sagt mir Pawel: Wenn Du wieder herauskommst zu uns, Schimme, so bring' mir Leinwand, Tücher, Spitzen und Bänder, und was du nur Schönes hast, ich will meiner Tochter Hochzeit machen. ›Mit wem?‹ frag' ich, ›Du hast mir ja nichts gesagt, Pawel!‹ Da nennt er mir einen jungen Bauernsohn aus einem andern Dorfe, den ich auch gut gekannt hab'! ›Dem willst Du sie geben, Pawel?‹ schrei ich, ›ich bring' dir keine Leinwand, ich bring Dir keine Bänder, und dem wirst Du Deine Tochter nicht geben.‹ ›Warum?‹ fragt der Bauer. ›Weil ich's nicht leid; Waczlaw ist ein Spieler und ein Trunkenbold, der wird Dir deine Tochter unglücklich machen.‹ Da hat er mir eingestanden, daß er von dem Allen weiß, aber er hätte keine Gewalt über sein Kind, sie will ihn und eher stirbt sie, als sie von ihm läßt'.

›Laß mich mit ihr reden, Pawel‹, sag' ich. ›Red' mit ihr‹, meint der Bauer, und muß sich wegwenden, weil er das Herz weich hat. Ich hab' mit der Tochter geredt, und ihr vorgestellt, was sie da an ihrem Vater will begehen, aber leider Gott! bei den Christen ist es nicht so wie bei den Juden. Bei uns weiß das Kind, daß es Mutter und Vater nicht einmal vom Schlaf aufwecken darf. Was soll ich länger erzählen: sie hat mir gar nicht zuhören wollen, und vier Wochen drauf ist sie das Weib von jenem Waczlaw gewesen. Was ist aber geschehen? Wie wenn's ein Prophet hätt' vorausgesagt, so ist Alles eingetroffen, was Schimme Prager hat gesagt. Es sind nicht zwei Jahr' vergangen, so hat Waczlaw keinen Groschen von dem Geld gehabt, was er von seinem Weibe hat bekommen; vertrunken und verspielt war Alles. Ich hab' mich gar nicht zu Pawel's Tochter stellen können vor großem Herzleid, so bleich und abgezehrt hat sie ausgesehen, und einmal habe ich blutige Striemen auf ihrer Stirne gefunden – da muß er sie geschlagen haben. Der alte Pawel, dem hab' ich gar nichts erzählen dürfen von ihr, und so soll mir Gott so viel Tausende geben, was seine Tochter mich hat Gulden gekostet, die ich ihr hab' geborgt, und hab' doch gewußt, daß sie's nicht zurückzahlen kann. Es war vielleicht Unrecht von mir, aber –«

»O nein, nein!« rief Emanuel in großer Bewegung.

»Ich glaub' auch, aber mein Weib hat nichts davon gewußt, was hätt' ich ihr davon erzählen sollen? Aber hört nur weiter! Wenn ich zu dem alten Pawel gekommen bin, hat er mich nie wollen fortlassen von sich; ich hab' immer müssen über Nacht bleiben, und da hat er mir immer seine beste Stub', wo er all' sein Hab und Gut hat aufgehoben, aufgethan. Ich und Pawel haben einmal bis spät in die Nacht miteinander geplaudert, und da ist der Bauer durch meine Reden und Geschichten ganz lustig geworden, wie ich ihn schon lang' nicht gesehen. Wie ich das bemerkt, hab' ich ihm von seiner Tochter wollen anfangen, er aber, wie ich nur ihren Namen aussprech', springt ganz toll auf und schreit: ›Hör' an Schimme, wenn Du mit mir gut bleiben willst, so schweig mir von ihr.‹ Da wär ich ein Narr gewesen, wenn ich nicht geschwiegen hätt', denn an Pawel war mir viel gelegen, und ich hab' an ihm viel Geld verdient. In derselben Nacht, wo ich hab' mit dem Bauer das vorgehabt, ist etwas geschehen, wovon mir noch jetzt die Haar' auf dem Kopf stehen. Ich hab' einen leichten Schlaf, und da wach' ich damals um Mitternacht auf, und hör' wie Einer draußen am Fensterladen arbeitet, um ihn aufzumachen. Vor Angst kann ich kein Wort herausbringen, und kalter Schweiß ist mir auf dem ganzen Leib. Und so muß ich zusehen wie der Fensterladen ausgehoben wird, und wie Einer in die Stub' hineinkriecht. Meint Ihr, wen ich erkannt hab', wie ich bei Mondlicht hab' besser sehen können? Pawel's Schwiegersohn, Waczlaw. Er hat eine Hack' in der Hand gehabt, damit hat er wollen die Truhe aufsprengen, wo das Geld von Pawel war. Da hat mir Gott wie durch ein Wunder die Sprache und die Kraft wieder gegeben, ich bin aus dem Bett gesprungen und hab' geschrien: ›Was willst du da thun?‹ Waczlaw, aber nicht faul, greift nach der Hack', und will mir sie in den Kopf schlagen. ›Schlag' mich todt, Waczlaw‹, rief ich, ›aber Deinen Schwiegervater sollst du nicht bestehlen.‹ Gott hat da sein Wunder an mir gethan; wie ich das sag' fällt Waczlaw auf die Erd' und fängt an zu weinen, daß mir das Herz gezittert hat. Wie ich das seh' fang ich erst an: ›Also Waczlaw, Deinen Schwiegervater hast Du bestehlen, und einen Menschen todtschlagen wollen? das kommt von Deinem verfluchten Leben, von Deinem Spielen und Saufen.‹ Er hat geweint und mich gebeten, ich soll ihn nicht verrathen; ich hab ihm's versprochen, wenn er sich wollt' bessern. Die ganze Nacht bin ich neben ihm gesessen und hab' ihm zugeredt, ich hab' ihm Rath gegeben, wie er's sollt' anstellen, und zuletzt hab' ich ihm Geld gegeben, daß er nicht sollt' verzweifeln. Früh Morgens hab' ich ihm durch's Fenster hinausgeholfen, und was soll ich Euch noch länger erzählen, es hat nicht gedauert ein Jahr, so war Pawel's Schwiegersohn der bravste und fleißigste Bauer im Dorf. Pawel hat kein Wort erfahren, und wie er gesehen hat, daß Waczlaw sich ganz verändert hat, hat er ihm aufgeholfen. Jetzt geh' ich nicht Einmal an dem Haus vorüber, wo ich mich nicht stellen muß; Pawel's Tochter kauft Alles von mir, und selbst wenn sie's nicht braucht. Der hab ich also ihr Glück aufgebaut, ich, Schimme Prager, der Dorfgeher!«

Wie zur Bestätigung dieser Worte trat in diesem Augenblick über die Schwelle eines schönen Hauses ein blühend kräftiges junges Weib heraus.

»Seid willkommen, Väterchen«, rief sie ihm entgegen.

»Nu, was sagt Ihr zu meiner Bäuerin?« schmunzelte der Dorfgeher, sich zu seinem Begleiter umdrehend, »wenn Ihr wollt', könnt Ihr einen warmen Bissen einnehmen. Wollt Ihr?«

»Nein, nein«, schrie Emanuel, die Hand schamvoll vor die Augen gedrückt. Er folgte dem Vater nicht ins Haus.

## An Clara.

In dem Dachstübchen eines der vornehmsten Häuser Wien's, hoch oben, wo er nur mit dem Rauche der zum Schornstein hinausflog, oder mit dem Kater, wenn der in stiller Sommernacht auf dem Dache spazieren ging, Zwiesprache halten konnte, wohnte einst ein armer junger Mensch, seines Berufes: Student. Der arme Student nahm an manchen Tagen mehr Wissenschaft zu sich, als Brocken der Nahrung, darum waren seine Wangen bleich und kummervoll anzusehen. Eines Tages begegnet ihm unten auf der prachtvollen Treppe des zweiten Stockes ein schönes, etwa zehnjähriges Kind, das sieht mit seinen wunderbar herrlichen Augen ihn an, und der Student kann eine leise, durchsichtig feine Röthe über das Engelantlitz des Mädchens dahinfliegen sehen. Schönes, wunderbares Kind!!

Tags darauf wird er durch einen Bedienten zu dem Kaufmann im zweiten Stock hinabgerufen; zitternd folgt er; unten hört' er von einem freundlich ernsten Manne die Frage an sich gerichtet, ob er seiner Tochter Unterricht ertheilen wolle; »Clara«, ertönte es von Seinen Lippen, und auf der Schwelle der Thüre steht vor ihm sein wunderbares, in holder Röthe erglühendes Kind!

Der Student erfüllte wie ich glaube, redlich seinen Beruf; was er nur an Duft für seine Rose wußte, holte er aus den Tiefen seiner Seele herbei; lange Jahre hielt er wie segnend über dem freudigen Wachsthum ihres Gemüthes seine Hände; er merkte nicht wie sie allmälig schwerer und schwerer wurden; er hatte immer herab gesehen, sie hinauf; mit Einem Male erkennt er, daß sich zwei Augen in gleicher Höhe den seinigen gegenüber befinden. Die Augen sagten ihm Alles!

War's nicht in der Mythologie als er ihr von der schönen Klitia erzählte, die sich stets nach der strahlenden Sonne wandte, daß sich da der bedeutungsvolle Mythus in glücklicherer Wechselseitigkeit an Lehrer und Schülerin wiederholte? War es nicht damals, daß sie zufällig aufblickend, fanden, daß sich beide im Arme hielten?

Ach, kalte, unheimliche Hände arbeiteten daran in das schöne Gewebe unseres Mythus ihre Dornen und Disteln einzuwirken. Dein edler Vater aber brach sich Bahn durch den Strom eigener und eingeflößter Vorurtheile. Eines Tags hieß es: Finde Du dich mit dem

Staat ab, der Euere Vereinigung nur bedingt zugiebt, ich habe nichts einzuwenden – Clara! Das Leben hat schöne Momente!

Ich hielt diesen einen, unvermeidlichen Schritt für so leicht, daß ich die Reise in die Heimat in der lustigsten Stimmung, ein Komödiant, der sich ob seiner Unerkennbarkeit freut, der Sohn seinen Eltern gegenüber! unternahm. Die Lüge hat sich furchtbar gerächt. Gewaltsam muß ich die Blätter meines Lebens zurückschlagen, um Freude, Trost und Dankbarkeit daraus zu lernen. Noch bin ich des Sturmes mächtig, der in den Blättern her und hin weht – noch ein Tag vielleicht, noch wenige Stunden und er hat mich selbst erfaßt! Kann ich wissen, was geschieht??

Der Freitag war gekommen, und Emanuel befand sich wirklich auf dem Rückweg zum Ghetto. Er hatte es richtig geahnt; aber kein Sturm sondern nur ein Paar Worte seines Vaters hatten ihn erfaßt und diesen Entschluß, wenn wir ein momentanes Auffahren aus einer Art von Verzauberung so nennen dürfen, bewirkt. Der Dorfgeher meinte nähmlich, da er die wachsende Traurigkeit seines Gefährten bemerkte, der ›Gast‹ sei besorgt, wo er am Sabbath essen würde und so lud er ihn freundlich ein, wenn er nichts Anderes im Sinne hätte mit ihm umzukehren und sein Gast wieder zu sein. Er meint noch: wer sich darüber, wenn er ihn zurückbrächte, am meisten freuen würde, das seien Channe sein Weib und besonders aber Benjamin! –

Wir wollen die Empfindungen Emanuel's während dieses Rückzuges nicht schildern, da wir kein Senkblei haben, um dieses unergründliche Meer zu erforschen.

Den ganzen Tag über war Emanuel's Gang eilig, fast stürmisch; sein Vater konnte nicht gleichen Schritt mit ihm halten, und mußte oft stöhnend unter seiner Last ausruhen, während sein Gefährte immer vorwärts strebte, als käme er nicht schnell genug an.

»Gast, Gast«, rief zuweilen der Dorfgeher ihm nach, »Ihr eilt, als jagt' Euch Einer mit der Peitsch' vorwärts; Ihr müßt fürchten, der Schabbes läuft Euch fort – vor dem Ihr doch, ich brauch Euch nicht erst zu gemahnen, fortgelaufen seid.«

»Wenn Ihr wüßtet, was mich treibt«, sagte Emanuel sich umwendend, »alle Pferde in der Welt würden nicht zureichen, um mich fortzubringen.«

»So einen Hunger habt Ihr?«, rief der ihn mißverstehende Dorfgeher, »und ist es doch nur eine Woch', daß Ihr keinen warmen Bissen gegessen habt! Was soll ich erst thun, der ich 52 solche Wochen im Jahr' hab'? Aber habt nur Geduld, mein Weib wird Euch schon aufrichten.«

Trotz seines Jammers mußte Emanuel zu diesem Troste seines Vaters lächeln. Seine Schritte nun mäßigend, ging er mit ihm immer näher der Heimat zu, die ihn schon mit ihren Lüften, Thürmen und Häusern grüßte. Bei diesem Anblicke erwachte keine Reue in ihm, wohl aber die Furcht, wie er der bevorstehenden Scene Herr werden sollte. *Jetzt* stand ein Entschluß in ihm fest. Das Schicksal selbst hatte über ihn entschieden.

Die Mutter stand gerade auf dem Tisch und füllte aus einem Fläschchen die siebenzackige Lampe mit Öle; Benjamin drehte zwischen den Fingern auf der Tischplatte die baumwollenen Dochte, als die beiden, Vater und Sohn eintraten. Die Mutter stieß einen lauten Schrei aus, als sie des ›Fremden‹ ansichtig wurde, und das Ölkrüglein wäre beinahe ihrer Hand entsunken. Benjamin starrte den Eintretenden wie entsetzt an.

»Nu«, rief der Dorfgeher, nachdem er die heilige Thürpfoste herzhaft geküßt, lachend, »krieg ich von keinem ein Schalem Alechem?«

Da sagte Channe tiefaufseufzend: »S'Gotts willkumm Schimme, S'Gotts willkumm! Soll ich aber leben, ich bin Dir so erschrocken, daß ich's in allen Gliedern spür'.«

Wankend stieg sie nun von ihrem hohen Standpunkt herab; in der That zitterte ihr ganzes Wesen, wie ein an allen Saiten angegriffenes Instrument.

»Warum erschrocken, Channe Leben«, rief der Dorfgeher, »Vielleicht weil ich Dir unsern ›Gast‹ wieder hab' zurückgebracht? Hast Du nichts zu essen auf Schabbes? Wir werden schon etwas für ihn zusammenklauben; ich aber hab' geglaubt, Dir eine Freud' zu machen, wenn ich Dir ihn wieder thu' bringen.«

Channe beachtete aber gar nicht die Rede ihres Mannes; sie sah nur den vor ihr beinahe leblos stehenden Emanuel an.

»Gut habt Ihr gethan, Gast«, rief sie leidenschaftlich, mit leuchtenden Blicken, »und Gott hat Euch den Gedanken eingegeben, daß Ihr wieder zurückgekommen seid. Was sag' ich aber Schabbes – die ganze Woche könnt Ihr hier bleiben bei uns, und so lang Ihr nur wollt.«

»Wenn Ihr noch Weib und Kind habt, Gast«, sagte lachend der Dorfgeher, »so thut sie nur gleich verschreiben. Sie wird Euch auch die verköstigen.«

»In die Schlafstub' Mutter Leben«, schrie nun Benjamin, »darfst Du ihn nicht gehen lassen«, und ergriff dabei Emanuels Hand, »er wird uns sonst wieder weglaufen.«

»Soll ich leben, das Kind hat Recht, Ihr dürft mir gar nicht hinüber«, sagte die Mutter sogleich.

»Diesmal entlauf ich Dir nicht geliebter Benjamin«, sprach Emanuel, und beugte sich im Übermaß seiner Gefühle zu dem Knaben nieder, den er minutenlang umfaßt hielt. –

In einem Zustande wie wir ihn unmöglich schildern können, verbrachte Emanuel die wenigen Stunden, die noch zum wirklichen Sabbath fehlten. Schon duftete und wehte der ›holde Bräutigam‹, wie ihn das schöne Lied nennt, durch die ganze Wohnung. Während der Vater sich aus dem Wochen- und Straßenstaub, der auf ihm haftete, loszumachen bestrebte, indem er sich so feierlich als möglich durch Rasiren und Anziehen auf dem Empfang des Sabbaths rüstete, lauschte Emanuel auf die herzlich innigen Gespräche des Kindes. Draußen in der Küche mühte sich indessen die Mutter am materiellen Sabbath ab, aber man sah es an ihren öftern Besuchen in der Stube, an den flüsternden Lippen, an den leuchtenden Augen, daß sie sich ihres Gastes vergewissern, daß sie ihn nicht wieder verlieren wollte.

Abends, als Emanuel mit Vater und Brüderchen aus der Synagoge in die hellerleuchtete Sabbathstube trat, als darauf wieder von den Beiden das ›Salem Alechem‹, der Friedensgruß, ertönte, begriff er erst recht den schönen Sinn dieses holden Liedes.

Ja Friede, Friede sei mit Euch! Nach einer solchen Woche, nach solchen Plagen und bei einer solchen Hantierung seines Vaters, sprach es in ihm, mußte gerade ein solches Lied gedichtet werden. – »Friede, Friede mit dir!«

Rösele saß zwar diesmal wieder in dem bekannten Winkel, und schien ihren trüben Hochzeitsgedanken nachzuhängen, aber sie weinte nicht, und schon das dünkte unserem Emanuel ein gutes Zeichen. Auch ihr neigte sich der Gruß hin »Friede, Friede sei mit dir!«

Bei Tische kam Emanuel wieder neben sein Brüderchen Benjamin zu sitzen, der im Anschauen des wieder gewonnenen Gastes buchstäblich Essen und Trinken vergaß. Emanuel selbst rührte von den Speisen, die ihm seine Mutter in reicher Fülle auf den Teller schob, kaum an, und hatte deßhalb von Rebb Schimme manche spöttische Bemerkung zu leiden.

»Wo ist denn Euer Hunger hingekommen«, sagte er, »warum seid Ihr so gelaufen? Seid kein Narr und eßt und vor *der* schönen Bäuerin habt Ihr Euch nicht zu geniren.

Nachdem abgespeist und gebetet war, stimmten Vater und Sohn die Nachtgesänge an; dießmal aber begann des Dorfgehers Stimme noch früher lallend zu werden, als vor 8 Tagen. Die Woche und das ›Nichtsverdienen‹ mußten es wohl bewirkt haben. Auch Rösele hatte sich in ihre Kammer entfernt, nur Benjamins Glöckchen läutete in den Sabbath des Ghettos hinaus. Mutter und Sohn saßen sich gegenüber. Zwei Engel stritten um diese Minute.

Da begann Channe: »Noch einmal sag ich's Euch, mein lieber Gast, Ihr habt ganz recht gethan, daß Ihr seid wieder gekommen. Mein Herz ist die ganze Woche über voll Traurigkeit gewesen, ich hab' nicht gewußt, warum? und mein Leben hätt' ich drumgegeben, wäret Ihr nur auf einen Augenblick wieder erschienen. Ordentlich unglücklich hab' ich mich gefühlt, wenn mir ist eingefallen: Jetzt ist der fort, all Tag deines Lebens kriegst du ihn nicht mehr zu Gesicht. Und da kann ich Euch, mein lieber Gast nicht beschreiben, wie mir da immer war. Auf die höchsten Berge wär' ich, wie ich glaube gestiegen, um Euch nachzusehen, durch die tiefsten Wasser wäre ich geschwommen, hätt' ich nur die Farbe Eueres Kleides erblickt. Eine

Närrin bin ich wohl, eine große, aber mit mir muß was vorgegangen sein, Recht habt ihr, wenn Ihr mich auslacht.«

Wahrhaftig, Emanuel lachte nicht. Tiefe Blässe bedeckte sein Antlitz. Da schlug Benjamin um diesen Augenblick sein Gebetbuch zu, und sagte: »ich will nicht mehr singen, ich laß mir's auf Morgen. Und jetzt, weil der Gast da ist, kannst Du mir das Geschichtchen verzählen, was Du mir für den Talmud hast versprochen, jetzt wär' die beste Zeit.«

Emanuel flog ein herrlicher Gedanke durch den Kopf: »Benjamin«, rief er beinahe athemlos: »ich will Dir etwas Anderes erzählen, worauf ich die ganze Woche nachgesonnen, es wird Dir gewiß sehr gut gefallen.«

Seltsam blickte ihn darauf der Knabe an, er begriff nicht die fieberhafte Hast Emanuels; er sah zu seiner Mutter auf, und da meinte er: »Wenn Du ein andermal Zeit hättest – Mutter Leben – so möchte ich – wer weiß, wann der Gast wieder kommt.«

»Erzählt, erzählt«, sagte die Mutter. »Mein Geschichtchen wird Dir nicht entgehen.«

»Stelle Dir vor, Benjamin«, begann Emanuel mit unsicherer Stimme. »Du hast vor Zeiten eine Muhme gehabt, Namens Mirjam, die hatte ein einziges Kind, das hieß Ruben. Von jeher ist dieses Kind ein Wunder von Kopf und Weisheit gewesen, es hat können mit dem größten Rabbi über Thora sprechen, daß den Leuten, die ihm zugehört, die Haare sind zu Berg gestanden. Weißt Du aber, worin die größte Freude von jenem Knaben ist bestanden? Wenn Abends ist geworden und er gewußt hat, daß der Schuldiener jetzt beim Rabbi ist, hat er eine Latte von dem hölzernen Häuschen ausgehoben, in das man wie Du weißt, die zerrissenen Bücher wirft, die, weil der Name Gottes darauf steht, nicht untergehen dürfen.

Da hat er viele, viele solcher Bücher mit sich nach Hause genommen und ganze Nächte damit zugebracht von Allem den Sinn herauszubringen, denn an dem Einen hat der Anfang gefehlt, bei Anderen das Ende, oft waren mehrere Blätter auf einmal herausgerissen. Er aber, durch seinen Kopf und Verstand hat immer gewußt, was auf dem Fehlenden gestanden ist. Hör' zu, was geschah. Eines Abends, wie er wieder in dem Häuschen war, kommt ihm vor, als würde von einer weichen Hand ihm ein Buch in die seine geschoben; er will es fallen lassen, aber es bleibt ihm wie angeschmiedet, er muß es behalten. Da trägt er das Buch nach Hause, und wie er es bei Nacht aufschlägt, sieht er, daß es nicht in heiliger Sprache, sondern in einer fremden, ihm unbekannten ist. Heftige Begierde erwacht in ihm, das Buch zu verstehen, er verachtet den Bann des Rabbi, der auf solchen Büchern liegt.

Er versteht es endlich, wieder fehlt das Ende wie bei den andern. Diesmal kann er aber den Sinn nicht herausfinden, wie er es immer anfängt. Das Buch in der Hand ist er eines Tages entschwunden, man weiß nicht wohin? Ein schönes Weib war einmal in seiner Stube erschienen, das hatte ihn mitgenommen und versprochen, von jenem Buche das Ende ihm zu schaffen. Kurz darauf hat ihn Einer in einer fernen Stadt als ›Bekehrten‹ gesehen, reitend an der Seite eines schönen Weibes, angethan mit prächtigen Kleidern. Das hat man nun der Muhme Mirjam erzählt und sie ist darüber gestorben. In jener Nacht, wo sich ihre Seele so plötzlich aus ihrem Leibe gerissen hat, da träumt es dem Sohn an der Seite jenes schönen Weibes, seine Mutter stehe vor ihm und spricht also: ›Meinst Du, Du hättest das Ende jenes Buches nicht gefunden, wärst Du bei mir, Deiner Mutter geblieben? Steh' auf und thu' Buße!‹ – So ist sie dreimal gekommen. – –

In Amsterdam ist einmal auf der Schwelle der Synagoge ein Bal Teschuba (Büßender) gelegen, über dessen Leib stiegen die Leute, es war –«

»*Elije*, mein Elije!« tönte es darauf von den Lippen der Mutter so laut schrillend, daß es im Hause widerhallte. Bleich, fast ohnmächtig war sie zu seinen Füßen gesunken; sie hatte das Mährchen wohl erkannt. Der Vater fuhr schlaftrunken in die Höhe, auf der Schwelle erschien Rösele, »Elije, mein Elije!« tönte es noch lange in die Nacht hinaus. Und es war Alles, Alles gut. – –

(Am Sonntag geschrieben.)

Hart an die Wohnung des Glücks baut der Unglückselige seine Hütte an. Er wandelt mitten unter den Glücklichen und sein Lächeln hat oft den Anschein, als wäre es von ihnen erborgt. Ich werde lächeln, ich werde mich freuen – kann ich aber Dein vergessen, Clara?

## Über tredition

### Eigenes Buch veröffentlichen

tredition wurde 2006 in Hamburg gegründet und hat seither mehrere tausend Buchtitel veröffentlicht. Autoren veröffentlichen in wenigen leichten Schritten gedruckte Bücher, e-Books und audio-Books. tredition hat das Ziel, die beste und fairste Veröffentlichungsmöglichkeit für Autoren zu bieten.

tredition wurde mit der Erkenntnis gegründet, dass nur etwa jedes 200. bei Verlagen eingereichte Manuskript veröffentlicht wird. Dabei hat jedes Buch seinen Markt, also seine Leser. tredition sorgt dafür, dass für jedes Buch die Leserschaft auch erreicht wird.

Im einzigartigen Literatur-Netzwerk von tredition bieten zahlreiche Literatur-Partner (das sind Lektoren, Übersetzer, Hörbuchsprecher und Illustratoren) ihre Dienstleistung an, um Manuskripte zu verbessern oder die Vielfalt zu erhöhen. Autoren vereinbaren direkt mit den Literatur-Partnern die Konditionen ihrer Zusammenarbeit und partizipieren gemeinsam am Erfolg des Buches.

Das gesamte Verlagsprogramm von tredition ist bei allen stationären Buchhandlungen und Online-Buchhändlern wie z. B. Amazon erhältlich. e-Books stehen bei den führenden Online-Portalen (z. B. iBookstore von Apple oder Kindle von Amazon) zum Verkauf.

Einfach leicht ein Buch veröffentlichen: **www.tredition.de**

## Eigene Buchreihe oder eigenen Verlag gründen

Seit 2009 bietet tredition sein Verlagskonzept auch als sogenanntes "White-Label" an. Das bedeutet, dass andere Unternehmen, Institutionen und Personen risikofrei und unkompliziert selbst zum Herausgeber von Büchern und Buchreihen unter eigener Marke werden können. tredition übernimmt dabei das komplette Herstellungs- und Distributionsrisiko.

Zahlreiche Zeitschriften-, Zeitungs- und Buchverlage, Universitäten, Forschungseinrichtungen u.v.m. nutzen diese Dienstleistung von tredition, um unter eigener Marke ohne Risiko Bücher zu verlegen.

Alle Informationen im Internet: **www.tredition.de/fuer-verlage**

tredition wurde mit mehreren Innovationspreisen ausgezeichnet, u. a. mit dem Webfuture Award und dem Innovationspreis der Buch Digitale.

tredition ist Mitglied im Börsenverein des Deutschen Buchhandels.

## Dieses Werk elektronisch lesen

Dieses Werk ist Teil der Gutenberg-DE Edition DVD. Diese enthält das komplette Archiv des Projekt Gutenberg-DE. Die DVD ist im Internet erhältlich auf **http://gutenbergshop.abc.de**

FSC
www.fsc.org
MIX
Papier | Fördert
gute Waldnutzung
FSC® C083411

Zeitfracht Medien GmbH
Ferdinand-Jühlke-Straße 7
99095 Erfurt, Deutschland
produktsicherheit@kolibri360.de